竹宮ゆゆこ
插畫◎ヤス

這世界上有一個東西，任誰也沒見過——

它很溫柔、很甜。

如果看得到，應該每個人都會想要吧！

正因為如此，所以誰也沒有看過。

這個世界把它隱藏得好好的，讓人無法輕易得手。

但總有一天，它會被某個人發現——

唯有能夠得到它的人，才可以看見它。

就是這樣。

# 1

「該死的！」

早上七點三十分。

天氣晴朗，但是室內一片黑暗。

這是一棟二樓出租的木造兩層獨棟建築，從私鐵車站徒步約需十分鐘，朝南的２ＤＫ

（註：兩間房間加上廚房、飯廳）。

房租八萬圓。

「不搞了！怎麼樣都弄不好！」

焦躁不已地用手掌抹掉鏡子上的霧氣。破爛的盥洗室因為早晨淋浴的濕氣而霧濛濛，用手抹掉之後，鏡子馬上又是一層霧。

但是再煩躁也不能拿鏡子怎樣啊——

「這種東西都是騙人的吧！」

用飄逸瀏海塑造溫柔的表情——這句標題出現在最近流行的男性美容雜誌上。

高須竜兒的瀏海，現在正是「飄逸」的狀態。照著報導上所寫的將瀏海拉長，用吹風機讓它自然立起，再用髮蠟輕輕抹過側邊。這一切舉動，都按照報導裡所寫的做了。為了讓自己的頭髮變成和模特兒的髮型相同，所以特地早起三十分鐘，希望能實現願望。

但是，可是，就算如此——

「……想靠瀏海來加以改變，也許是我太天真了……」

無力地將不顧丟臉買下的流行雜誌丟進垃圾桶。可是該死的控球失誤讓雜誌打翻了垃圾桶，裡頭的垃圾倒了滿地，丟掉的雜誌在垃圾當中攤開。

頁面上寫著：「現在開始還來得及，新學期變身宣言・溫柔or狂野？我們的出道白書」……要是讓我來說的話，倒不是真的那麼想出道。

但是，我想改變——

結果，卻以失敗收場。

忍不住自暴自棄，用水把手沾濕，再把特地弄好的飄逸瀏海抓得亂糟糟，重新弄回平常那種隨性的直髮。最後再跪在地上將滿地的垃圾撿起來。

「啊！這是什麼……發、發霉……竟然發霉了！」

在盥洗室與浴室交界處的木頭上，發現黑色的霉菌。

明明總是小心翼翼將水氣擦乾、明明上個星期才花了一整天在廚房、盥洗室等處舉行除

霉大會的。但是在這間破房子差勁的換氣能力前，不論怎麼樣的努力都有如泡影。不甘心地咬了咬薄薄的嘴唇，拿著面紙試試能不能擦掉發霉的地方。但是當然不可能這麼容易就擦得掉，只是徒然增加面紙碎屑罷了。

「可惡……前陣子剛好用完了，得再去買除霉用品才行……」

現在只有放著不管一途了。我一定會將你們全部殲滅！斜眼瞪著霉菌，一邊收拾四散的垃圾。接著拿面紙大略擦了一下地板，整理掉落的頭髮和灰塵，隨便抹掉洗手台的水氣，抬起頭嘆了口氣：

「唉……對了，還得餵飼料……喂，小——鸚！」

「啊——」

一聲尖銳高亢的聲音回應高中男生粗暴野蠻的呼叫。太好了，牠是醒著的。

振作精神，光著腳來到鋪著木板的廚房，準備好飼料和替換的報紙，朝榻榻米客廳走去。走到客廳一角，取下鳥籠上的蓋布，和相隔一晚沒見的可愛寵物見面。我不知道在其他人家裡是怎麼做的，但高須家的鸚鵡就是要這樣子養。因為牠的睡臉很噁心，所以在牠睡醒的早晨到來之前，都必須用布遮住牠。

「小鸚，早安。」

黃色的鸚鵡，牠就是小鸚。竜兒一如往常邊添加著飼料邊和牠說話。

「ㄗ、早……早安……」

令人不快且意義不明的眼皮痙攣。聰明的牠仍然用日語回答。雖然剛睡醒，但是心情不錯——就是這點很可愛。

「小鸚，說說看『開動』。」

「開、開、動……開動！開動！開！動！」

「夠了夠了。那今天就來測試看看你會不會說『那個』吧！看看你會不會說自己的名字。……說說看『小鸚』。」

「小、小、小ㄠ、小、ㄒㄧ、ㄠㄠ……小……」

似乎用上了全身的力量，小鸚邊晃著腦袋，邊猛然膨脹起身體，展開翅膀劇烈晃動。

「……小……」

眼睛變得細細的，喙間可以窺到牠吐出的灰色舌頭。搞不好今天能辦到——飼主緊握著拳頭。結果——

「波！」

——啊啊，鳥怎麼這麼笨呢。不愧是腦漿只有一公克的動物。

嘆著氣的同時，竜兒將髒掉的報紙丟進塑膠袋裡，準備要連同其他垃圾一起拿到廚房去時——

「……你～要～去～哪～裡……」

敞開著紙門另一側的笨蛋似乎也醒了。

「小竜，你穿的是制服嗎……為什麼……」

竜兒俐落地綁好垃圾袋口，轉頭看向聲音的主人。

「我要去上課啊，昨天不是說了今天開學。」

「……啊……」

在棉被上大剌剌地張開雙腿，那傢伙此刻正以快哭出來的聲音反覆呢喃著——這樣的話、這樣的話——

「這樣的話，泰泰的午餐……便當呢……？沒聞到便當的味道……你沒幫我做嗎？」

「沒有。」

「咦咦咦～！這樣的話……那起床後……泰泰怎麼辦？……沒有東西可以吃……」

「妳起床前我就會回來了啦！我只是去參加開學典禮。」

「什麼啊……原來是這樣啊……」

嘿嘿嘿嘿，那傢伙笑著，原本張成八字形的雙腳突然發出聲響，啪啪啪啪！鼓掌……不，是鼓腳。

「開學典禮呀，恭喜～！也就是說，小竜從今天開始就是高二生了呢？」

「先別說那個。我不是跟妳說過，不論睡前有多忙都一定要卸妝嗎？妳嫌卸妝麻煩，我不是還特地買了卸妝紙巾給妳……啊——啊！枕頭套又沾到粉底霜了啦……那個洗不掉耶！都已經幾歲的人了，注意一下皮膚啊！」

「對不起。」

豹紋內褲整個露出來了。那傢伙起身，巨大的胸部搖晃，掉落在乳溝的金色捲髮亂糟糟地糾結在一起。不管是撥動那些頭髮的動作，還是手上長長的指甲，都充滿了嬌滴滴的「女人味」。

但是——

「我喝太多了，一個小時前才回來……啊～好睏……啊啊啊……對了……我買了布丁回來喲～」

打著哈欠，揉揉抹了濃豔眼影的眼皮，她匍匐往丟在房間角落的便利商店袋子前進。那副樣子——嚷嚷著布丁布丁的櫻桃小口、腫腫的臉頰、圓圓的眼睛——孩子般的模樣實在跟她很不相稱。

就算個性有點奇怪，應該還算得上是個美女吧——

「咦……小竜竜，找不到湯匙啦。」

「會不會是店員忘了放進去？」

「不可能！我親眼看著他放進去了……奇怪……」

高須竜兒的親生母親，高須泰子（花名魅羅乃），三十三歲（自稱永遠的二十三歲），是鎮上唯一一家小酒吧「毘沙門天國」的媽媽桑。

泰子把便利商店的袋子整個倒出來，在棉被的角落喀沙喀沙地翻找著。小小的臉上寫滿了不滿。

「房間好暗……這樣子我找不到湯匙啦！小竜，幫我開一下窗簾！」

「開著呀。」

「咦～？……啊啊……對喔……我不常在這種時間起床，看我都忘了……」

昏暗的房間裡頭，不太相像的母子兩人一起輕輕嘆了口氣。

向南的大窗子——

搬到這裡已經六年了，這間兩人一起生活的小屋子內，採光完全仰賴南邊明亮的日光。北邊是玄關，東西距離數十公分處就是鄰居家，只有南邊有窗戶。雖然如此，但是日曬絕佳，早上的日光尤其眩目，從日升到日落這段時間，完全不需要開燈。除了下雨的日子外，日光總是奢侈地照耀在身穿制服準備兩人份便當的竜兒，還有精疲力盡熟睡中的泰子身上。

不過，這是到去年為止的情況。

「……該死的大樓……」

「究竟是什麼人住在那裡啊！……幫我開燈！」

去年，在距離這間房子南邊窗戶數公尺遠的地方，蓋起了地上十層的超豪華大樓。理所當然地，陽光再也照不進來了。竜兒已經數度抓狂、為此焦躁煩惱——洗好的衣服乾不了，榻榻米的角落也因吸入濕氣而膨脹、翹了起來，到處發霉，而且還會結露。牆壁上的壁紙剝落，鐵定也是濕氣的關係。反正是租來的房子，沒關係——雖然很想這麼告訴自己，但是神經質的竜兒對於無法保持住宅環境乾淨，一點也無法忍受與妥協。

抬頭看看貼著白磚的豪華大樓，窮困的兩人除了肩並著肩張著口之外，什麼也不能做。

「嗯，反正影響不大，泰泰早上都在睡覺嘛！」

「抱怨也沒用……再說，房租也少了五千元啊。」

從廚房裡找出湯匙遞給泰子，竜兒搔搔頭說：「那我該走了。」現在不是親子和樂融融團聚的時候，該出門了。

穿上立領學生服，彎起只會長高的身體穿上襪子。正在確認要帶的東西時，他突然意識到胸中隱約的呼喚。

對了，今天開始就是新學期了。

開學典禮之後，就是——換班級。

轉換形象雖然失敗，但也不至於滿腔憂鬱，在竜兒的心中的確還有幾分——該說是希望

還是期待？總之就是這一類的淡淡情緒。不過，那並不適合顯露於外。

「我走囉……把門鎖好，換上睡衣啦！」

「好～！啊，喂喂，小竜。」

泰子就這麼躺在床上，臼齒咬著湯匙，有如孩子似的笑了起來。

「今天的小竜似乎比平常更有精神呢！加油喔！高二生！那可是泰泰不曾跨入的領域吶。」

泰子為了生下竜兒，在高一的時候就休學了，因此並不清楚高二的世界。一瞬間，竜兒也感傷了起來。

「……喔。」

稍微笑了笑，舉起一隻手。這是對自己母親的感謝。孰料，這個好意卻招來惡果。

「呀！」泰子尖叫起來，激烈的滾來滾去，結果終於說出那句話。她說出了那句話！

「小竜帥斃了——！愈來愈像爸爸了呢～！」

「……！」

——說出口了。

無言地關上玄關大門，竜兒不禁抬頭望向天。眼睛咕嚕嚕地轉了轉，腳下像要被深沉的漩渦吞沒了——不要！我不要我不要，給我住嘴——

只有這個，只有這句話，是我絕對不想聽到的。

特別是在今天這個日子。

跟爸爸好像……

看樣子泰子完全無法理解，這個事實讓竜兒感到多麼苦惱。買下那種雜誌，試著想讓自己變成「飄逸瀏海」的樣子，全都是因為這個原因。

離開家朝著走路就能到達的學校前進，竜兒緊繃的臉顯得扭曲。即使如此，他仍舊大步直直向前，以掣風的速度前進。

嘆口氣，手指無意識地撥弄了下瀏海以遮住眼睛，這是竜兒的習慣。沒錯——煩惱的源頭就在眼睛。

很糟！

不是視力不好。

而是眼神——看起來很凶惡。

這一年裡竜兒快速成長，長相充滿男人味，雖然本來就不是什麼絕世美少年，但也算不上是超脫世俗……嗯，總之，應該不算差啦……雖然沒人這麼說過，至少竜兒這麼覺得。

但是眼神卻非常凶惡，糟到不是開玩笑的地步——

他是那種眼角往上吊、黑眼珠小、白眼球部分多的三角眼。當然這只是基本狀況，糟糕的還不只如此——因為眼球大的緣故，發青的白眼球部分還會反射出刺眼的強烈光芒，而顏色偏淺的小小黑眼珠，就像是要斬殺眼前對象般地銳利轉動。與竜兒本人的意志無關，那種眼神，似乎在四目相接的瞬間，就能夠讓對手立刻落荒而逃。他知道……他清楚得很。就連他在看到團體照上的自己時，都會因為「這傢伙幹嘛這麼火大……啊，是我自己嗎？」而慌了手腳。

這麼說來，也許是粗魯個性的錯，他的說話方式很粗暴，跟他的神經質也有點關係，所以他從不開玩笑或多說廢話。或許是因為這樣——或許是因為和泰子那傢伙一起生活，才搞得他盡失純真與坦率吧……因為不管再怎麼說，竜兒可是很自豪自己是個實質的保護者呢！

可是，因為這樣——

「高、高須……你想忤逆老師嗎！來、來人啊！拿警棍來！警棍！」

才不是咧，我只是因為忘了交作業而特地過來道歉的啊——

「對對對對對不起~我不是故意的！是那傢伙推我，我才會撞到你的！」

誰會為了撞到肩膀這種事情生氣啊——？

「聽說高須同學在國中時，曾經闖入其他國中的畢業典禮，占據他們的播音室喔！」

我又不是壞了一鍋粥的老鼠屎——！

「……那些誤會，又得再重頭解釋了嗎……」

想起這些痛苦的回憶，竜兒不禁了嘆口氣。

成績不壞，從來沒有遲到或缺席紀錄，別說是打人了，就連真正和人吵架都不曾有過。簡單來說，高須竜兒不過是個很普通的少年罷了。明明只是這樣，卻因為眼神凶惡的關係，就因為這個關係（另外，唯一的親人是酒店小姐這點，說不定也有影響），就被眾人斷定他是超級不良少年。

經過一年在同一個班級相處下來，大部分的誤會都已經化解了——一年絕對算不上是短暫的時間，特別是對高中生來說。問題是今天開始又得一切重新來過，再加上改變形象的計畫又失敗……

換班級也有令人期待的地方……竜兒也想和某人同班。但是一想起接下來即將面對的苦難，他天真的期待一下子就咻嚕嚕地縮到只剩一半了。

再加上多事說出那句話的泰子……不，不對！全部都該歸咎於父親多事的基因——

「爸爸呀，他在天堂喔，他長得很帥喔，俐落地將頭髮全部往後抹，超尖的皮鞋總是亮晶晶的……脖子上掛著這～麼粗的黃金鍊子，休閒風格的西裝配上勞力士，然後肚子那裡總是擺了一本厚厚的週刊～那是幹嘛的？當泰泰這麼問他時，他說：『這樣子就不用擔心隨時可能會被刺殺了。』啊啊～我被電到了～！」

我想起泰子說話時的陶醉神情……然後是留下唯一一張照片裡的父親。

父親的姿態正如泰子所形容的——

張開雙腳擺出傲氣十足的站姿、腋下夾著小型手拿包、白色西裝、超華麗的開襟襯衫、兩手戴著的金戒指閃閃發光、一邊耳朵上還戴著鑽石耳環……然後是一副「看三小？」的表情，抬起下巴望向這邊，一隻手揉著比現在年輕的媽媽胸部。媽媽挺著大肚子，天真無邪地笑著。父親的門牙則是金牙。

其實他真的很溫柔，又很正經，絕不會對一般人出手喔~泰子總是這麼說，真正溫柔又很正經的人哪會去當什麼流氓啊！哪會讓年紀還那麼小的高中生懷孕啊！而且最重要的，就是那雙眼睛——

只要被那銳利的眼睛一瞪，八成會馬上乖乖地遞上錢包，只求息事寧人吧！那眼神本身就是不講理的暴力與威脅手段，而相同的東西現在正鑲在自己的臉上……竜兒冷不防突然想到：連自己都對毫無印象的父親有這種想法，那要大家別誤會，恐怕也是無理的要求吧！

順便一提，父親恐怕還活在世上。根據泰子的說法，他為了幫助手下逃跑，被打成蜂窩，沉入橫濱港裡了。話雖如此，但是因為沒有墳墓和佛壇，也沒有遺骸、遺物和牌位，對於這整件事情的紀錄當然不存在……喝醉酒的泰子有時會不明究理地笑著說：「如果爸爸突然回來，小竜會有什麼反應呢？呵呵呵呵，開玩笑的啦！」

父親他大概正在冰冷的圍牆內長期修行吧！身為兒子的我有這種感覺。

突然——

「喔，高須！早呀！真是個美好的早晨啊！」

聽到背後有人叫我，我連忙回頭舉舉手：

「喔，北村，早！」

沒辦法呀——竜兒心想著：若自己現在停下腳步等待友人跟上來，在旁人看來，一定會以為我正閃著目光，想著：「我要掐死你這傢伙！」才對吧！而事實當然並不是這樣的。

竜兒靜靜思考這件事——

會被誤會也是沒辦法的事。如果被誤會了，就要好好解釋。只要花時間，這些傢伙總有一天會明白的。雖然覺得很麻煩……也只有這樣了，所以，也只能這樣了！

抬頭看著青空，炫目的陽光讓人瞇起眼睛。今天是大晴天，無風，正值凋謝時節的櫻花無聲地飄落，溫柔降落在竜兒的頭髮上。

就這樣，竜兒繼續懷抱著無法拋棄的痛苦情結，穿著前一晚擦亮的黑色學生鞋，再度大大踏出一步。

今天的開學典禮有個絕佳的好天氣。

＊＊＊

唔哇！我們和高須同學同班，不會吧！果然很有魄力，有點恐怖耶！誰去跟他說說話吧。不行，都說不行了。你去啦！喂，別推啦……！

（……不論你們說什麼，現在的我完全不受影響。）

竜兒以超然的態度，坦然接受站在遠處看著他的各色新同班同學的視線。坐在椅子上稍微背對他們，將銳利的視線投向遠方。舔了下乾燥的嘴唇，腳喀噠喀噠不自覺抖了起來。在旁人看來，他應該是猶如渴求弱小獵物的焦躁肉食性動物吧。但是——

「還是老樣子，看來這裡也有誤會你的傢伙吶！算了，反正過一陣子應該就會停止騷動了吧！有我跟你在一起，而且也有不少原本A班的人同班……」

「啊，沒關係啦，我才不在乎。」

對著今年也分到同個班上的死黨・北村祐作，竜兒淺淺一笑回答。話先說在前頭，他現在的心情可是好得很，絕不是在捕獲獵物前殘忍地舐舌期待的關係。如果是那樣的話，應該滿面笑容到整張嘴都裂到耳朵，並且從座位上乘著火箭升空了才是。

開心，當然不是因為和北村同班的關係。那種事情，頂多只是「今年也同班了，北村！」

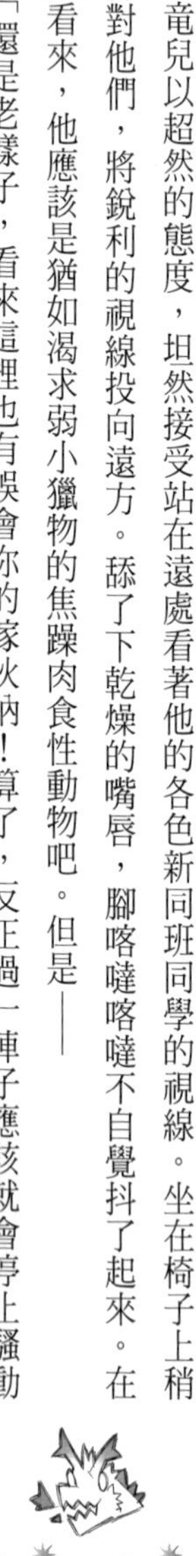

接著微微一笑的程度罷了。

快樂到快升空，是因為——

「啊！北村同學！今年我們同班呀！」

——這個。

「嗯？喔喔，櫛枝也是C班啊！」

「咦？你現在才知道嗎？真冷淡吶，難得的新學期，好歹看一下學生名單嘛！」

「抱歉抱歉。真是巧啊，那今年的社長會議就可以輕鬆點囉！」

「啊哈哈，是呀！啊，高須同學……對吧？你還記得我嗎？我有好幾次出現都在北村同學附近……」

「……」

「啊、咦？可以叫你高須同學嗎？」

「……啊、嗯……」

這是女神突然降臨的現場。

竜兒眼前閃耀著猶如太陽般眩目的開朗笑容，就像那扇消失的南向窗戶射進的陽光一樣溫暖，視野瞬間被照得一片明亮。晃落的光粒子聚集，竜兒的眼睛快要睜不開了。

「櫛枝実乃梨……對吧？」

啊啊，明明是這樣！明明是這樣！明明是這樣——！自己的聲音實在太冷淡了，讓竜兒不禁想大叫。

為什麼自己只能作出這樣的回答？為什麼就不會表現的更好些——？

「哎呀呀！你記得我的全名啊，好開心喔——！啊！糟糕，那邊在叫我了！先這樣囉，北村同學。放學後是今年第一次的二年級新生會議喔！請你千萬不要忘記喔！高須同學，我們下次再聊！」

對著她轉過去的背影，竜兒勉為其難親切的……稍微舉起了手。不過已經太遲了，已經看不見她了。

但是——

（她說好開心……她說下次再聊……）

櫛枝実乃梨。

（她說好開心……她說下次再聊……）

終於實現願望得以與她同班的櫛枝実乃梨。

（她說好開心……她說下次再聊……）

對我說、對我說——

（她說好開心……）

「高須？」

「……喔！」

北村突然近距離地靠近面前，嚇得竜兒連椅子一起翻了過去。

「你在笑什麼？」

「不、沒……沒什麼。」

是嗎？北村用中指推了推鏡框。竜兒不由得感慨萬分，能夠知道自己在笑的人類，世上恐怕只有這傢伙了。

然後，另一件值得感慨的事情，就是——

「……北村，你……該怎麼說……那個……和女孩子（＝櫛枝同學）聊天，都能夠聊得很自然呢！」

「咦？怎麼這麼說？」

眼鏡後北村那雙眼睛睜得大大的，不是謙虛，純粹是驚訝。看來他本人真的不自覺吧！面對眼前這個遲鈍大王，竜兒不禁把後頭要說的話給吞了下去。

剛剛和櫛枝実乃梨間輕鬆有趣的對話十分「自然」——不，不只是剛剛，北村從一年前開始，不論何時，和同屬壘球社的櫛枝実乃梨間的對話都是那麼自然。竜兒總是在現場，不停撿拾她洋溢的微笑或者是丟過來的招呼，努力到近乎讓人感動流淚的地步。以足球來打比

方的話，就是中後衛，只不過他連一次進攻都沒參與過。

竜兒開始覺得「櫛枝実乃梨好可愛，我喜歡她，真想跟她作朋友」，也是因為直接站在北村身旁看著他們倆人開心對話的關係。

瞬息萬變的開朗表情。

柔軟的身體、誇張的動作。

無憂無慮的笑容、清晰的聲音。

即使在人人害怕的自己面前，她仍舊一副大方愉快的姿態，從開始到現在未曾改變。

——就是這樣子的櫛枝実乃梨。

對竜兒來說，要成為自己女朋友最重要的要素，就是要光彩奪目，看起來有如太陽碎片般閃閃動人。他認為健全、直接比什麼都重要，那才是女孩子該有的樣子。

話雖如此……

「你在說什麼傻話呀！我哪可能和女孩子聊天聊得很自然？你又不是不知道女孩子她們叫我什麼！」

竜兒不由得深深嘆了口氣。

超羨慕超羨慕的！光是在一旁看著北村對話的樣子，眼睛就快噴出血來了。然而北村卻繼續說：

「我對女孩子最頭痛了，我想我這一輩子可能都交不到女朋友。」

竟然這麼說。

「……我想……不會啦……」

抬頭看看那位耀眼到令人睜不開眼的貴族，竜兒把接下來的話吞下了肚裡。說得再多，這傢伙鐵定還是無法理解。竜兒的心情因此哀傷起來。

北村的確被女孩子們喊作「丸尾同學」，那是某知名漫畫（註：指《櫻桃小丸子》）中超認真的好學生角色。大概是感覺很像的關係，所以大家都這麼叫他。度數很深的眼鏡、一板一眼的性格、卓越的成績，與輕浮諂媚的流行完全逆行、遠遠脫離大眾的價值觀。如果配合狀況，再加上一句「猜對了」的話，很適合在班上製造歡樂氣氛。這麼說來，他去年是班長，又是學生會副會長，據說也內定的壘球社新任社長。這樣的傢伙，確實應該成為大家開玩笑的對象。

問題是，他的長相絕不難看。不，應該說……仔細看的話，會發現他的長相出乎意外地清秀。再加上表裡如一的性格，又是個開得起玩笑的男人，根本沒有任何會被討厭的要素。因此他雖是女孩子們嘲弄的對象，但絕不是因為討厭他的關係。

啊啊，原來是這麼一回事啊——竜兒懂了。說起來北村其實是受女孩子歡迎的，不只是櫛枝実乃梨，他和其他女孩子們也能很自然的交談。女孩子看到他，會對他說：「啊～今年

又和丸尾同班……」而他則會巧妙輕鬆的回答：「怎樣？有什麼不滿嗎？」那個樣子，竟然還說自己對女孩子沒轍。又不是像我一樣被討厭。竜兒正在思考時，一旁傳來──

「哇……可怕……」

吶！看！又來了。

竜兒趴在桌上，忽略那些偶然聽到的聲音。到剛才為止，他還在為了能和櫛枝実乃梨同班而狂喜不已，所以被怎麼說都無所謂。可是──

「果然很厲害的樣子……一看就知道不是普通人。」

「啊啊，那個眼神。小心點，如果讓他不高興，你會被解決掉喔！」

魔法似乎已經解除了。那些沒有惡意的竊竊私語不斷增加，竜兒開始介意了……

竜兒心想，在新任班導來之前，先去廁所躲一躲，比較有助於精神上的衛生吧！便自座位站起身。正要走向走道時，肚子輕輕撞了一下。

「唔……？」

竜兒心想，好像撞到了什麼東西，可是眼前什麼也沒有。怪了！竜兒眼睛骨碌碌地環顧四周。但是進入視線的是──

「……啊啊……不愧是高須同學……先出手了嗎？」

「這麼快就開始展開高手對決了呀……一看到學生名單時，我就覺得這個班糟糕了。」

大家不斷相互耳語著，竜兒眼裡看到的都是新面孔的同學。是在說我的眼神如何如何嗎？可是，就算如此——

「……正牌老大決定戰……嗎？」

「突然就開始決賽啦……」

每個傢伙都怪怪的。高手對決？老大？決賽？到底在說什麼啊？竜兒歪著頭想弄清楚狀況，就在此時——

「……撞到人連句道歉都不會說嗎……？」

他聽到不知哪傳來的冷冷聲音。

極度壓抑情緒、平板、扼殺住即將爆發的某個東西般的奇妙說話方式。

沒看到聲音的主人。

「咦……？」

氣氛變得有點昏暗。竜兒緩緩看向右手邊，沒人；看看左手邊，也沒人；戒慎恐懼的看向最恐怖的上面……太好了，那裡也沒人。

「也就是說……」

果然在那裡。

視線的下方、很下方的位置，比竜兒的胸口還要低很多的地方，那個髮旋就在那裡——
第一印象是「洋娃娃」。
總之就是很嬌小。長長的頭髮輕飄飄覆蓋著嬌小的身體，掌中老虎……
「掌中老虎……？」
這個謎樣般的辭彙突然插入思考，讓竜兒不自覺就脫口而出。好像是附近某人小聲說出時被他聽到的。
掌中老虎？
那也就是說——
「誰……」
是低著頭在我面前這個洋娃娃的名字嗎？說小到可以放在掌中也就算了，這傢伙哪裡像老虎了……？
「……你叫我掌中老虎？」
這不是個可以長時間思考的場合。「那傢伙」微微抬起下顎，那對眼睛——
「嚇——！」

一秒的三倍左右——

無聲狀態，但這似乎只是竜兒的錯覺。

就像是炸彈爆炸後瞬間的真空狀態般迅速竄過，嘈雜聲再度回到耳朵。回過神來時，竜兒已經跌坐在地上了。不只是竜兒，距離較近的幾個傢伙也一併遭殃，呱呱嚷嚷著。還有些傢伙已經準備好要逃跑了。

發生什麼事了？

我很清楚。

什麼也沒發生。

只不過——只不過是眼前這個女孩子——

「……討厭的傢伙……」

她只是用兩顆大大的眼睛瞪著竜兒罷了。只是這樣罷了。

只是這樣，在那僅僅數秒的魄力下，竜兒就被壓倒了。被壓倒，腦袋一片空白，全身像被緊緊束縛住般無法動彈。完全如同字面所示，兵敗如山倒。

竜兒被她的「視線」，更正確的說法是被她眼中所蘊藏的魄力給彈了出去，跌坐在地。

兩者的力量差太多了，等級差太多了。要比眼神絕不輸人的竜兒，壓倒性的戰敗。

這是竜兒有生以來第一次了解到什麼是真正凶惡的眼神。那其中蘊含著確實的質量還有

與之對等的暴力——不，應該說是「殺氣」。

「……哼……」

就算被刺到心臟也不會動搖，她視線裡頭那股蘊含的輕視，在竜兒感覺起來好像是永遠持續的數秒鐘之後，終於消失了。

「龍嗎?……遜斃了。」

如花瓣般的薄唇張開，射出的言語子彈如少女般孩子氣。

難以置信的小手，粗魯地撥了撥飄飄然的頭髮。柔軟的眼皮半蓋著好掩飾殺氣。那雙眼睛此刻就像洋娃娃的玻璃眼睛般，清澈透明，以空無的眼神給了竜兒最後一瞥。

好可愛，但也好可怕——

牛奶色的臉頰、不可思議的灰色長髮、纖細的手腳和肩膀、發著光的瞳孔有著柔和的睫毛。她像是暗藏致死量劇毒的糖果般惹人憐愛，像光用香味就能夠殺人的花苞般楚楚可憐。

但是在被她瞪視的瞬間，竜兒看到肉食性動物從那雙眼睛之中襲來。當然這只不過是幻象罷了，但卻比現實還要寫實數倍。肉食性動物的重量將竜兒壓倒，以撼動血液的聲音咆哮著，從喉嚨吐出的鼻息像是在說——像你這種傢伙，我隨時都能解決掉。

銳利的爪子與巨大的獠牙迫近眼前，四處充滿著野獸的氣息與血腥味。比起小小的她還要大上數倍的那個幻影是——老虎。

「啊、啊啊……啊啊、啊啊、啊啊……沒錯沒錯……」

不自覺地，竜兒點點頭，啪地拍了一下手。啊啊，原來如此！掌中老虎。不曉得是誰想出來的，不過──

「……這名字取得真是太好了，不是嗎……」

真有品味，佩服佩服。

這女孩子看了看我，低語了聲「龍」，一臉不屑的表情……其原因不難想見。

不知是跌在地上的關係，還是被這隻虛幻之虎給撕裂的原因，竜兒的立領學生服前襟敞開了。透過襯衫，裡頭那件泰子興高采烈買下的混混風T恤「昇龍T」被看得一清二楚。這種容易招致誤會的東西，絕不是因為竜兒想穿才穿的，只是因為其他衣服都拿去洗了的關係，再加上他想說穿在裡面不會有人看到……

莫名感到丟臉，竜兒急忙遮住前襟。坐在地上的難看樣子，就像個被混蛋強暴的小姑娘般。這時從他眼前噠噠噠走過的是──

「大河（註：日文的「大河」與「老虎」同音），妳好慢喔！妳翹掉了開學典禮對吧？」

「我睡過頭了啦，別提那個了。幸好今年也和小実同班。」

「嗯！我也很開心喔！」

就是櫛枝実乃梨本人。

她直接叫掌中老虎「大河」，還親密地笑著摸上對方的頭髮，而掌中老虎也一樣親暱地稱呼她小実。

茫然看著眼前一切的竜兒，聽見了其他人的竊竊私語。

「第一場是掌中老虎・逢坂大獲全勝吧？」

「結果高須只是看起來恐怖而已，根本就不是流氓嘛！」

「咦？真的嗎？」

「所以他敵不過掌中老虎呀，再怎麼說，掌中老虎可是正牌的狠角色呢！」

「高須同學沒事吧？一開始就被逢坂咬了一口，真是倒楣啊。」

——誤會，比竜兒所想的還要早解除。

不過——

＊＊＊

掌中老虎有個叫做「逢坂大河」的厲害本名。

她的身高一百四十五公分。

逢坂大河與櫛枝実乃梨是所謂的死黨關係。

然後根據那些從沒間斷的悄悄話，聽說她的父親是黑道，執日本地下社會的牛耳。另有一說則是她父親是天才空手道家，統馭美國地下社會。還有一種說法是她本身也擁有空手道高段，卻因為偷襲師父而被逐出師門。

據說在入學時她那美少女的外表，讓許多人產生誤會，向她告白的男生更是絡繹不絕。結果所有人都徹底幻滅，被威嚇、被咬、被撕裂……受到她殘忍的嘲弄而無法再振作的傢伙還真是為數不少。逢坂經過的地方，全部都是男性屍體堆出來的血路。

總之與逢坂大河有關的負面傳聞多的不得了，姑且不論那些是真是假，不過她身為校內排行榜上排名最危險生物這點是無庸置疑的。

竜兒知道這些事情，已是開學典禮結束的幾天之後了。

2

雖然開場有點嚇人，不過高須竜兒，高中二年級的嶄新生活，可以說是頗為順遂。

這麼說有很多原因。

比方說，「高須同學是流氓」的說法，比竜兒的悲觀預測還要早就澄清了。很幸運的，包括北村在內，去年同班的傢伙中不少人今年也被分到同一個班上。但是最重要的還是在開學典禮那天，簡簡單單就被掌中老虎給解決，而被大家認定是「普通人」這件事。（光是這一點，就讓竜兒想向逢坂大河道謝。）

然後，今年既沒當上麻煩的班級幹部，抽籤抽到的座位，也是由前面數來第三個靠窗的座位——那是個能夠輕輕鬆鬆、悠悠哉哉的絕佳好位置。班導（戀漥百合，孤獨的獨加上身體的身，也就是「獨身」，29歲）也是熟悉的去年副班導；不過除了她一把年紀還是單身之外，竜兒對她並沒有什麼不滿。

還有、還有——

「……那樣做的話，桶子的邊緣部分就會凝固了！這個，叫啥？與圓周接觸的部分？不過中央因為仍然完全是液體狀態，所以倒的時候這個圓周部分軟嫩軟嫩的地方要這樣……」

「喔……！」

「唔哇，高須同學！對不起——！」

最重要的原因就是這個。

陽光般的櫛枝実乃梨變成他的同班同學。光是這一點，就足以將竜兒的日常生活染成美麗的玫瑰色。簡直就像光彩奪目的太陽……即使被她的手指戳到眼睛也無損其炫目，竜兒的

心滿腔熱情。

「沒、沒事吧？對不起，我沒注意到你在後面！唔喔喔……剛才中指是不是插到你眼球的光滑部分啊？」

「……別在意，沒什麼大不了的。」

「真的很對不起！嗯，剛剛說到哪？對了對了，繼續剛剛的。水桶邊緣凝固的部分呢，就像這個樣子——」

「喔……！」

「哇——！這次好像插得更深了！對不起！」

沒關係、沒關係，竜兒大方地對她擺擺手。即使如此也很幸福呢！對不起、對不起！低著頭的実乃梨髮際傳來連蒼蠅也無話可說的花香，不管怎麼說，此刻向我道歉的她，眼睛只看著我一個人。就算眼珠子被挖掉兩次，和眼前的幸福相比根本不算什麼。

就算她說話的對象不是我也無所謂，只要她在我座位附近和某個人說話就好，這樣子我就能夠就近聽到実乃梨略帶鼻音的甜美聲音了。而且為了要說明水桶的圓周，她揮舞著手畫著圓，每次一揮動，手指就會觸碰到我的身體（雖然是眼球）。

不過，究竟她們從剛剛開始一直在說的水桶話題是什麼？是因為竜兒擺出疑惑的表情嗎？她說道：

「我們在聊我用水桶做的布丁。」

実乃梨緊緊握住自己的手指，「這樣就不會再傷到人了吧！」辛苦地戒備著，同時嚴肅的對竜兒說明。不，用說明似乎有點怪──

「高須同學喜歡布丁嗎？」

我們之間有了對話！竜兒的心臟急速狂跳起來，連一句中聽的話也說不出來，焦急得簡直要發瘋了。好不容易才──

「……喔……」

盡全力說出這句話。她八成認為這傢伙真無趣吧……八成會覺得不想再和這傢伙說話了吧……不管竜兒臉上驚慌失措個沒完的表情，実乃梨的臉正陶醉在「用水桶做布丁，那是女人欲望的無法地帶」。

「不過一直很不順利。因為它實在太大了，很難讓它凝固，黏糊糊和軟嫩嫩的部分像這個樣子渾然一體……對了，也讓高須同學看看吧～就當作是戳到你眼睛的謝罪！」

「咦？……看、看看……？」

難道是要讓我試試手工布丁的味道嗎？她要讓我試味道嗎？眼神變得更加銳利，竜兒凝視著実乃梨可愛的笑臉。実乃梨點點頭：

「嗯，讓你看看，我現在就去拿。」

竟然有這麼幸運的事情，幸好剛剛有被戳到眼睛！竜兒望著雀躍地往自己座位上走去的実乃梨，心中突然有了想要逃跑的想法。

如果她真的拿布丁過來，我該用什麼表情吃啊？不是中午休息時間的現在，一個男人拚命吃著布丁似乎有點怪。再說，如果她真的拿布丁過來，我要當場吃嗎？還是說句謝謝，把布丁收到書包裡呢？

「我、我不知道……不知道啦……！」

忐忑不安地摸著自己的臉頰，不管怎樣先收拾桌面的筆記本吧。心中似乎已經打算要當場吃掉了。

心臟怦怦跳、興奮不已的竜兒，巧妙地將視線自走回來的実乃梨身上移開。太耀眼了，實在難以正視她。実乃梨露出開朗的微笑，稍稍偏著頭，來到竜兒面前站住。然後——

「來，高須同學，這個給你。」

她用溫柔的聲音喊著「高須同學」的後面，好像還可以看到心型符號。戰戰兢兢抬起臉來，竜兒恭恭敬敬伸出雙手接下那個東西。

「……呃、嗯。這個……」

比想像中的要薄、要輕……

「……這照片，拍的真好……」

「不過看起來很噁心吧？」

看看——原來說的不是布丁，而是照片啊——不過照片上拍的東西實在是很噁心，可以說是精神上突如其來的威脅啊。塑膠墊子上擺個大大的水桶，水桶裡面裝滿淺黃色的死花枝……不對，是像史萊姆）（註：電玩名作《DRAGON QUEST》中，有如果凍般的魔物）的物體。雖然很對不起実乃梨，不過這怎麼看都不像是布丁。第二張照片中，史萊姆黏稠稠地自塑膠墊子上流出來，到處都是固體與液狀物體。接著第三張照片——

「味道也很怪喔……大概是水桶洗得不夠乾淨吧！」

單膝跪坐的実乃梨手拿巨大湯匙吃著史萊姆。好想要這張照片！竜兒才剛有這想法——

「謝謝你的觀賞！這還得拿給大河看。咦？她又跑哪裡去了？剛剛不是還在那邊嗎？」

爽快的收回照片，然後実乃梨匆匆忙忙丟下竜兒，跑去找剛剛還在聊天、不知何時已經不見蹤影的掌中老虎‧逢坂大河去了。美夢時間就到此結束。

——還得給大河看，是嗎？

竜兒不自覺地嘆了口氣，目送那個思慕的人離開教室去找她的好朋友。

和她同班是出乎意外的幸運。每天不論上課或者是其他什麼時間，都能夠看到実乃梨，不用再偷偷摸摸從走廊上偷窺別人的教室，就能夠看到実乃梨的笑容。勤勉的中後衛也會有得分的時候。這不叫幸運的話，又要叫什麼？

但若想讓關係比現在更親近，有個巨大的問題必須跨越——那就是実乃梨的身旁總是緊跟著逢坂大河的身影。

竜兒從開學典禮後那件事情以來，就盡可能與逢坂保持距離。看來她才是真正難搞的人物。只是一旦避開逢坂，就勢必無法接近実乃梨，這可是個大問題！當然，自己沒辦法和実乃梨說話，並非全然是這個原因。

逢坂似乎完全不把竜兒看在眼裡。竜兒也盡量不讓彼此間有接觸的機會，而她看來似乎也不構成妨礙。

竜兒眼前的目標，就是要完美排除掌中老虎，只接近実乃梨一人。如果像剛才那樣的幸運能夠多累積幾次的話，未必沒有可能。

因為這樣，竜兒酸酸甜甜的生活還算順利。

——直到這天，這個放學後發生的事情來臨前。

＊＊＊

「嚇……！」

打開教室門的同時，眼前的景象讓竜兒說不出話——

兩張、不對，是三張椅子在空中飛舞。

接著落在地上發出咚鏗咚鏗的巨響。就在巨大聲響當中，隨著踢飛的椅子，一個人影劃過他的視線。

究竟發生什麼事了——竜兒凶惡地將眼睛瞇起。事實上，他嚇得連氣都喘不過來了。

在結束值日生的工作之後還去幫忙做些雜事，所以直到過了放學時間才進教室。照理說教室裡應該沒人了。可是他卻看到——

沒錯，剛剛的確有一位穿著制服的女孩子，不曉得是不是因為看到竜兒，立刻飛奔到櫃子的陰影處躲藏起來。竜兒看到了躲起來的那一瞬間，也看到了椅子被踢飛、發出巨響。再說，現在也還看得到那個傢伙的身影啊！教室牆壁上掛有端正儀容用的鏡子，鏡子裡現在正映照著那個傢伙的背影以及後腦勺。

那個笨拙的傢伙不可思議地將手腳縮起，端端正正地蹲坐在那。看來她應該沒發現到鏡子的存在，還偷偷伸長脖子窺探竜兒的方向。

咕！竜兒吞了一下口水，決定裝做不知情走開。因為那個小巧可疑的笨傢伙……有個掌中老虎的名字。光是從鏡子反射的背影，就能夠清楚知道她的真正身分。那頭長長的頭髮和白皙的側臉……再說，個子那麼小的傢伙，就他所知也只有逢坂了！怎麼偏偏選在這個時候

——？她似乎正在如此抱怨。

因為如此，竜兒假裝成什麼也沒看見、什麼也不知道、什麼也沒注意到。

下定決心後，竜兒姑且先走進教室裡。雖然一點也不想走進掌中老虎不知為何躲了起來的教室，可是書包就擺在桌上，不能不把它帶回家。

染滿暮色的教室裡一片寧靜，逢坂彷彿在這裡張開了蜘蛛網陷阱或是結界之類的，在腳踏入的瞬間，全身就感覺快要被撕裂了。竜兒小心翼翼地緩步走著，硬是裝做若無其事的樣子移動腳步。盡量不去刺激逢坂，也盡量不去注意她的存在而移動……

「啊……」

一時疏忽，充滿緊迫感的慘叫聲響徹整個教室。

而那個咕嚕滾出來的東西，讓竜兒的努力付之一炬。縮得小小的逢坂大河自己不小心破壞平衡，以前滾翻的方式從櫃子陰暗處滾了出來。很不幸的，她正好滾到竜兒面前。

「……」

「……」

抬眼向上看的逢坂，低頭向下看的竜兒。這已經不是能夠裝作不知情的距離了。兩人交換著無言的視線，就這樣持續數秒後——

「妳……還好吧？」

這是竜兒的喉嚨好不容易才擠出的一句話。他有點猶豫的對打算站起身的逢坂伸出手，但得到的回應卻是小小聲聽不清楚的幾個字——「不需要」或是「多事」。逢坂利刃般的視線從紛亂的髮間輕輕劃過竜兒。

竜兒不禁往後退了一大步，正好讓逢坂有空間能夠搖搖晃晃站起身來。她低著頭拍拍裙子，大步地與竜兒保持距離，背對著窗戶，眼神變得更加銳利，不過完全沒有走出教室的打算。不會感到難為情嗎？或許這種凡人的思考與掌中老虎無關吧！

逢坂如果要繼續待在教室裡的話，竜兒當然要趕緊離開了。

「書、書包、書包……」

像故意要說給她聽似的，竜兒快步前去拿書包。

逢坂大河依然站在窗邊，沉默地看著竜兒。竜兒不懂她臉上的表情意味著什麼，因為他沒辦法看向逢坂。總之，他壓低自己的腳步聲，盡量減少自己的存在感。竜兒穿過教室，被逢坂視線射到的臉頰一帶毛骨悚然地豎起寒毛；不可以有反應、不可以刺激她、只要若無其事走過……

書包不在自己的座位上，剛才要回家時一邊說話，而順手擺在北村桌上了。只要拿到那個，剩下的就是離開教室了。壓抑住急躁的情緒伸出手，還剩二十公分、還剩十公分——

「啊！」

——他跳了起來。

發生什麼事？

逢坂大河打算要阻止我嗎？竜兒顫抖著回過頭，看向站在窗邊的小小洋娃娃。

「有、什麼事……？」

「……你、你……想、要、幹、嘛？」

沒想到讓人目不轉睛的情景竟然在此時發生——掌中老虎突然痛苦得快要昏過去。

「……我、只是來拿書包的、而已……逢、逢坂？妳怎麼了？（從剛剛開始）樣子怪怪的喔？」

櫻桃小口啊嗚啊嗚的一張一合，腳下則像在跳什麼奇妙舞蹈般侷促不安地踏步。手指在臉頰上騷動著，而且還小幅度的顫抖了起來。

「你你你、你說、你的書包？可是你的座位不是在那裡嗎？為為為、為什麼、為什麼會在那那那那裡？」

她嚴重口吃，責備著竜兒。

「……為什麼會在那裡，因為我在和北村聊天時被班導叫去幫忙……所以就順手擺在這裡了……唔喔！」

應該在數公尺外痛苦折騰的逢坂，瞬間縮短了距離來到竜兒面前。小小的身體究竟哪來這麼高的機動力啊？

「……！……！……！」

「等一下、等一下、等一下！逢、逢、坂？」

她以相當大的力量拉住竜兒抱在胸口的書包，打算把它搶過來。

「借、借我、一、下啦……！給我！」

在極近距離看到的逢坂，臉頰比夕陽的顏色還要紅。可愛的臉龐則像妖怪一般扭曲，表情令人毛骨悚然。

「叫我借妳……給妳？別鬧了……！」

「嗚～！」

推不開她。竜兒賭上男人的意氣用力張開雙腿站住。因為現在放手的話，逢坂小小的身體會向後飛得遠遠的啊。

枉費他還這麼為她用心。

「嗚喔喔喔喔喔～！」

逢坂扭著腰，雙手緊抓住書包，漲紅的臉上雙眼緊閉，額頭上的血管浮了起來。她想要以力量取勝。

一根兩根，竜兒的手指漸漸離開書包，連叉開站立的雙腳也快被拖走了。說得明白些，

他快輸了、已經撐不住了。

「危、危險……讓開、快放、手！」

「嗯喔喔喔喔喔喔喔喔喔……啊？……呃……」

不行了……！正當竜兒這麼想的時候，突然看到逢坂兩眼昏花、身子向後仰，小小的手啪地張開，放開了書包——放開了？

「……啊啊啊！」

「哈啾！」

鏗！

啊啊啊的——是竜兒。哈啾的——是逢坂。鏗——還是竜兒。以上分別是慘叫聲、打噴嚏聲，以及後腦勺撞到的聲音。

突然打噴嚏的逢坂放開了手，竜兒理所當然順勢向後摔出去。他抱著書包踉蹌向後倒下，後腦勺狠狠撞上講桌。

「呃啊啊啊……痛……痛死我了！妳、妳……到底在搞什麼啊……痛死了啦……我會死掉耶！」

他淚眼汪汪抗議著。

「唔……」

逢坂發出奇怪的噴嚏聲，周圍的狀況似乎全沒放在眼裡。害得竜兒飛出去的她，鼻子發出咕咻咕咻的聲音，接著就搖搖晃晃在桌子間蹲了下去。

「逢、逢坂？喂，妳怎麼了？」

長長的頭髮垂至地面，蜷縮得小小的身子低聲呻吟，沒有回答。該不會是身體不舒服吧？竜兒揉著後腦勺，忍不住跑到她的面前窺探她的臉。到剛剛為止都還紅得很的臉上頓時沒了血色，顫抖的嘴唇白的猶如一張白紙，額頭上淌著不明的汗水。

「唔哇……妳、整張臉鐵青耶！貧血嗎？喂，抓著我。」

和泰子平日昏倒時一樣的症狀。這回他毫不遲疑地伸出了手——

「……！」

竜兒伸出的手被逢坂有如冰一般寒冷的手一把甩開。逢坂雖然搖晃得厲害，仍然扶著身旁的桌子自己站了起來。

「逢、逢坂！妳還好吧？」

還是沒有回答。她每前進一步，桌子就被弄出喀拉喀拉的聲音，柔軟的長髮也隨之搖曳。小小的背影逃跑似的企圖趕快離開。因為剛剛坐在地上的關係，百褶裙後頭折到而翹了起來，露出接近曝光邊緣的細瘦纖腿。

「等一下，去保健室休息一下比較好吧？」

似乎有些多管閒事，但是又不能放著她不管，可是正當竜兒準備跟過去——

「別過來——！豬頭！」

她用被逼急的聲音粗暴地說出這句話。緊急煞車！嗯，有力氣大喊，應該沒問題吧——

「真、真是亂七八糟……」

孤零零被留下的竜兒無力地低語著。

跑出走廊的逢坂腳步聲愈來愈遠。教室裡只剩下那個被叫豬頭的傢伙一個人。

後腦勺還在隱隱抽痛。差點成為大岡審判下那個要被扯成兩半嬰兒（註：大岡忠相，日本江戶時代的名判官。他對兩名爭奪孩子所有權的母親說道：妳們兩人分別抓著嬰兒左右手用力拉，誰贏了就是誰的！最後當然是判給了因為怕嬰兒痛到啼哭而放手的真正母親）的書包上面，慘不忍睹地留下了十道逢坂的爪痕，再加上教室裡原本整齊排列的課桌椅被弄得一團亂，這所有的一切實在教人難以忍受。

亂七八糟。

桌子，逢坂，全部都是亂七八糟。真是個麻煩的傢伙。

神經質的竜兒將桌椅重新排列整齊，一邊拚命想要了解剛剛究竟發生了什麼事情。照理說應該沒有半個人的放學後教室裡，前滾翻出來的逢坂大河、差點被搶走的書包、噴嚏、後腦勺、貧血少女……不行，想不出來，搞不懂究竟怎麼回事。

「我對沒辦法整理的狀況最不拿手了……」

不斷碎碎唸的竜兒一個人獨自嘆氣。

要明白剛剛發生的事情，還得要經過三小時的時間。

＊＊＊

——給　北村祐作同學。逢坂大河上。

「……這、這是、啊……！」

晚上七點。泰子和同事一起去上班，所以比較早出門。剛剛吃完一菜一湯的一人晚餐時，竜兒總算隱約了解放學後那樁不明究理事件發生的原因了。

回到四個半榻榻米大小（註：兩個榻榻米約為一坪）的房間打算寫作業，打開書包拿出教科書和筆記本，就在這時候，發現了那個東西——

淡桃色的信封。這種材質就叫做和紙吧？銀色櫻花花瓣形狀的銀箔在半透明的紙上翩翩飛舞。

正面寫著：給　北村祐作同學。

背面寫著：逢坂大河上。這是我用心寫的，如果讓你覺得困擾，請把它丟掉！

微微暈開的淡藍色墨水。

這個東西，怎麼看都不像是決鬥申請書吧，也不像是班級裡傳閱的記事本，更不可能是包得好好準備要歸還的借款。

「這、這個……應該是……情書吧……？」

出乎意料。發生不得了的事情了。

好奇得不得了。竜兒又再度凶惡地瞇起眼來，不是生氣，而是極度著急。

簡單來說，掌中老虎搞錯書包了。她以為這是北村的書包，而將這東西悄悄放進書包，所以她才會那麼拚命想要搶回書包。

「……『這個，是妳弄錯擺進來的對吧？裡面的東西我沒看，所以完全不知道內容。嗯，總之還給妳吧～』」

竜兒試著練習裝做什麼事也沒發生的樣子。

「這怎麼可能啊！」

下一刻又恢復自我。做不到，這太難了，這可不是光靠嘴上說說就可以矇混過去的狀況啊！問題是，我實在想不出什麼更好的辦法了。明天就這樣子爽快地把這東西若無其事的還給逢坂吧！只有這個方法了。

這東西雖然是情書，但也許她不認為我知道這是情書，所以不用想說知道祕密什麼的而把事情搞得太複雜！就算不太可能，但我也只能這麼想，別無他法了。為了不讓逢坂覺得丟臉，不傷害她的自尊心，同時為了要避免她怨恨自己，這麼做是唯一的辦法。

竜兒一個人勉強自己接受這個想法，準備將那個危險物品收回書包裡，結果意想不到的情況發生了——

「……咦……」

心臟突然揪地絞痛了一下。

為了避免弄髒及破損，小心翼翼地將它捧在手心上頭的信封，竟然自己開了。停！不要打開啊！就算心裡這麼嘶吼著，可是原本就沒什麼黏性的黏貼處，卻因信封本身的重量而翹起，隨著劈哩的一聲彈開。最後，信封就在忘了呼吸的竜兒手上完全展開。

同時，一個任意打開寫給他人信件的犯人，就此誕生。

「不、不……不對不對！我可是什麼都沒看喔！對了！把它貼回去……！這樣一來就不會被發現了！」

沒錯！小鸚從客廳那裡發出共鳴。竜兒開始在抽屜裡翻找膠水。總算找到，正打算不留痕跡的將它黏回去之時——

「……咦、咦～？」

吃驚的竜兒不由得停下手中的動作。

橫長型的信封裡頭，沒有信。稍微猶豫了一下，他再次打開信封，窺伺裡面，透過光線照射確認——果然沒有信，是空的。

……什～麼啊？

洩氣的竜兒不禁趴在書桌上。搞什麼啊！真是的！別鬧了——真是超失敗的傢伙！

逢坂大河，妳真是個笨蛋！

躲在個輕易就會被發現的地方、然後前滾翻到我面前、弄錯書包、費盡力氣搶奪書包、打噴嚏、昏倒……一切的努力竟然是為了一個忘了放信進去的空信封……再笨也該要有個限度吧！

重新振作精神，繼續進行愚蠢的黏貼空信封作業，此刻，竜兒已完全喪失自信了。

明天把這個還給逢坂時，我可以裝作若無其事嗎？光是想到愚蠢到極點的來龍去脈，竜兒就開始祈求自己到時候可別笑出來。萬一笑了出來，這回恐怕真的會被掌中老虎吞掉。

總之，事情到此告一段落。

莫名其妙的夜更深了——

凌晨兩點鐘。

突然醒來，竜兒悵然若失地睜開眼睛。

好像夢見了什麼……看看指著兩點多的時鐘，隨手抓了抓肚子。平常總是一覺到天亮的，今天究竟怎麼回事，為什麼睡到一半就醒來了呢？竜兒毫無頭緒。

是因為只穿著T恤和內褲睡覺的關係嗎？竜兒感覺有些冷。四月明明已經過了一半……大概是開著窗戶睡覺的關係吧？反正窗戶對面是布爾喬亞大樓（註：BOURGEOIS，形容這棟大樓的住戶都是富裕的中產階級）的矮牆，所以最近在安全方面有些鬆懈。屋子裡是沒什麼東西好偷啦，不過竜兒還是伸手將窗戶關上，並且確實上鎖。

自郵購買來的床上起身，心神不寧的竜兒憋住微弱的呵欠。作惡夢了嗎？心臟迅速跳著——似乎有誰在窺視自己一般——他感受到一股說不出的奇妙氣氛。

「……靜下心來……」

搖搖晃晃來到榻榻米上，該不會是泰子發生什麼事了吧？確認一下行動電話。可是電話上沒有店裡來的訊息，連來電也沒有。是自己想太多了嗎？嘆了口氣，反正都已經下床了，就去上個廁所吧！於是他光著腳往鋪著冰冷木板的廚房走去。

但就在那瞬間——

「……唔……？」

脖子附近有一陣涼颼颼的感覺。反射性地正要轉過身——卻因踩到地上的報紙而漂亮的滑了一跤，跌個四腳朝天。咚！屁股著地，一股衝擊由腰際直灌腦門，一瞬間讓他停止了呼

吸。

「——！」

連慘叫都喊不出來。

有東西以一股驚人的氣勢揮過竜兒的頭剛剛所在的位置，順勢揮空的那個東西，打中竜兒身體一旁的物品，發出駭人的聲響。

「……唔……！」

一片黑暗的2DK房間裡頭浮現可疑的人影。那傢伙再度大力揮舞起手上的棒狀物，企圖狙擊竜兒……竜兒遭到攻擊了！

但是，為什麼？真希望一切只是夢。誰來救救我！

竜兒無聲地在地上滾動，要開燈？要叫警察？要找房東？腦袋裡一片空白，什麼辦法也想不出來，全身僵硬得只能夠來回閃避、只能夠試著爬向玄關，但是——

「唔哇啊啊啊啊！」

快要被打到了！凶器直直擊向腦門，竜兒他不知所措地突然伸出雙手打算阻擋——

「啊……！真、真的辦到了……！」

不自覺地使出了空手奪白刃……應該不能說使出，只是偶然夾到罷了。

「……咕……！」

凶器被抓住，犯人打算使力蠻幹。竜兒也使出渾身力氣抵抗。兩股力量沉默地對抗，兩人的身影在黑暗中搖晃。嬌小的身軀，掩蓋住輪廓的長髮——沒錯吧？他的心裡冒出了這個想法。其實打從一開始，他就已經注意到了。

咬緊牙關忍耐著，竜兒心中莫名地認同這個答案。沒錯吧！沒錯吧！會做出這種亂七八糟事的，除了那傢伙之外，還會有誰！

但是就在清楚犯人真面目的同時……啊啊！不行了！發著抖的雙手已經快要失去知覺了，僵硬的脖子也差不多到達極限了。會被宰掉——

「……嘿……哈……」

哈啾！

均衡在一瞬間被打破了！

當奇怪的噴嚏聲發出的同時，強大的壓力也突然輕飄飄地消失。輸給竜兒反推回去的力量，對方被推了出去，大力搖晃著。「啊，哇！」小小聲叫出聲，東倒西歪拖著腳砰地一下輕輕落在床墊之上。竜兒站起身順勢往牆邊摸去，打開了電燈開關——

「逢坂————！」

「……」

「用面紙擦————！」

竜兒將面紙盒丟向倒在床上還若無其事用上衣擦著鼻涕的掌中老虎‧逢坂大河。

＊＊＊

垂到背後的鬆軟長髮，配上蕾絲還是其他什麼同樣鬆軟的材質，層層交疊出來的蓬鬆連身洋裝。小小的身體真的很適合這種有分量的裝扮……

「木、木刀給我……」

竜兒打心底後悔剛剛沒有搶下逢坂大河的武器……

沒有趁著打開燈的時候搶下，沒有趁著給她面紙盒的時候搶下，結果危機狀況依然沒解除。逢坂雙眼閃著光芒，就像在物色柵欄中獵物的老虎般，開始在狹窄的房間裡繞起圈子來。不用說，竜兒也和她保持著一定的距離，以穿著內褲的姿態，同樣繞著圈子閃避。

可是這樣下去不是辦法。想到這裡——

「逢坂啊……我知道妳想幹什麼，就是，要我還給妳那封情……信，對吧？那個錯放到我書包裡的信。」

「……！」

竜兒鼓起勇氣開口。但，就在那一瞬間，原本屏息不動的逢坂，全身突然啪地膨脹了起

來——看起來就像是這樣。她就像是瀕臨爆發邊緣的炸彈——導火線已經點了火的那種。

「我、我把信還給妳！所以妳冷靜一點！我沒有看內容！」

「……你以為還我就沒事了嗎！」

有如匍匐在地上的低沉聲音。

「別傻了……你已經知道那封信的存在了……」

「乒」，巨大的木刀在大河頭頂上優雅舞動。

「受死吧！」

「呀——！」

一直線朝著竜兒頭頂砍下來。這傢伙怎麼這麼快？逢坂瞬間就從數公尺外殺近竜兒胸前，若不是木刀稍微打到牆壁（我的押金呀！）竜兒早就沒命了。

「嘖！」

「混帳！」

竜兒眼眶帶著淚水跳離當場，打從心底放聲大喊。

「哪有這種人！妳竟然真的想要殺掉同班同學！」

「閉嘴！那東西既然被你知道了，我還有什麼臉活下去！這麼丟臉，只有一死了之了！」

木刀尖端對準了竜兒的喉結刺過來。

「喂！只、只有一死了之——為什麼死的是我啊！」

竜兒以奇蹟般的反射動作閃開，但逢坂的氣勢實在太猛，順勢就把紙拉門一刀劈開（重新糊紙的錢啊！）而且木刀還戳了過來。那雙瞪大的眼睛毫不遲疑，「奮不顧身也要殺了你」。

「因為我還不想死，所以只好把你殺了啊！雖然很抱歉，還是麻煩你死一死吧！要不然，就把記憶全部抹除掉！」

「哪有可能！」

「當然有可能啊，沒問題的，就用這個——」

她看向發亮的木刀。

「只要用這個用力敲打腦門，雖然不至於斷氣，不過可以讓記憶消失得一乾二淨喔！」

「不准清除我的記憶！」

這傢伙怎麼這麼任性！跟她說得再多也沒用，我們兩人無法溝通。常識、道德、不能給他人添麻煩等等，這些都和逢坂無關。

啊啊——所以我才不想跟她有什麼牽扯的啊！

與快吐血的竜兒心情相反，逢坂正在拚命四處破壞。為了追擊逃走的竜兒，劈開衣櫃上頭的籃子、把紙拉門弄出個洞、踢飛小小的矮桌，一邊破壞還一邊喊著：

「給我忘記情書的事！」

掌中老虎，妳這是不打自招啊！不說的話，不會有人知道那是情書（就可以這樣含糊帶過）的，這下可好，她自己倒是招供了。已經一團亂了，不，從和逢坂牽扯上那一刻起，所有的一切就已經一團亂了。而且再加上——

「你已經看過了吧！看過了對吧！你一定覺得我是個笨蛋……笨……笨蛋……嗚、嗚、嗚嗚……」

「啊？喂！等、妳、在、在哭……嗎？」

「才沒有……！」

凶惡的呻吟聲中間透露出積聚的嘆息，瞄準竜兒的大眼睛有些紅，眼角有點濕。逢坂果然稍微哭了一下下。想哭的明明是我呀——如果能就這麼四肢無力的話該有多好，可是現在是攸關性命的時刻——

啊啊，真是的，到底在搞什麼啊！為什麼反而是被攻擊的我，感覺自己像是做了什麼壞事咧？

到這個地步，只有自暴自棄了。竜兒假裝到處亂竄，接著抱著必死的覺悟抓住逢坂的手腕。就在這一瞬間，竜兒感覺到她的手腕細到似乎可以輕易折斷，反而害怕了起來。

「放開我！」

總之現在必須要拿出王牌來才行。這念頭讓他深深吸了口氣。鄰居們，對不起！房東太太，請原諒我！他用盡全身力氣大喊道：

「我不放手！妳給我聽好了！逢坂，妳犯了非常嚴重的錯誤！那個、信封、裡頭——」

「放、開、我——！」

狂亂舞動的手腕掙脫了竜兒的手。這下可以從極近距離攻擊了！逢坂的瞳眸閃耀著殺氣。但是——

「是空的——！」

竜兒的聲音快了一步。

揮下的木刀，正好在竜兒腦門正上方、能夠輕輕碰到幾根頭髮的危險位置時停了下來。無比尷尬的沉默。過了數秒，她好不容易擠出一句話：

「……是……空……的……？」

稚氣的聲音問向竜兒。點頭點頭點頭點頭，竜兒拚命點頭給她看。

「沒、沒錯，是空的……所以說我沒看到內容，而且，對了對了，幸好沒交給北村。妳啊！差點就鬧出超丟臉的笑話了！」

濕潤的雙瞳睜得大大的，逢坂呆立原地。趁著這個時候，竜兒連滾帶爬地逃開，往紙拉門另一側自己的房間飛奔，顫抖的手在書包裡頭來回掏著，慌慌張張抓出那個信封。

「妳看！妳看妳看！」

眼中泛著血絲，竜兒把信塞進她小小的手中。木刀掉落地面弄出聲響，逢坂的身體軟綿綿晃了起來，但她還是叉開雙腿用力站住，將還給她的信封對著光照了照。

「……啊……」

櫻桃小口半開著。

「啊、啊……啊啊……啊啊啊！唔哇——啊！」

披散著一頭糾結亂髮，逢坂撕開信封，瘋狂倒過信封搖晃，確認了裡面真的是空的之後，她茫然回望竜兒的臉。

「……太失敗了……」

吐完這句沉重的話，她就這麼搖搖晃晃坐了下去。瞪得老大、眼角都快裂開了的眼睛終於有些恍惚地閉了起來。一直張開的薄唇輕輕顫抖，下巴也喀喀喀地發出聲音。

「逢、逢坂？」

強制關機——

在竜兒面前，她的臉瞬間鐵青，接著那個包裹在連身洋裝底下的小小身體就這樣橫倒在破爛2DK的客廳裡。

「喂！逢坂！妳沒事吧？」

事情發生的太過突然，竜兒連忙慌慌張張跑上前去，抱起失去意識昏了過去的洋娃娃。

就在這時候——

咕嚕嚕嚕嚕嚕～～～～咕嚕嚕嚕～～～～

「……肚、肚子餓的聲音……嗎？」

＊＊＊

高須家不論何時都有事先預備好的冷凍白飯。

蒜頭和薑也先切好，隨時都有洋蔥，其他只要再加入剩下的蕪菁莖和葉子，還有準備當作早餐的培根、雞蛋。當然，為了不用擔心沒有調味料，所以廚房裡偷懶用的顆粒雞湯粉、味精以及雞骨湯等一樣也不缺。

滿滿一杯半的飯先過一下麻油，再放進蕪菁莖增加清脆口感。飯粒外層的雞蛋閃耀著金黃色的光輝，接下來只要再加入洋蔥的甜味與培根的美味就完成了。加入適量的味精，少許的胡椒和鹽巴、提味用的蠔油，最後再灑上庫存的蔥絲作為最後點綴。

附上只有加入熱水與洋蔥切片的雞骨湯，全部只花十五分鐘就完成了。在作菜的空檔還順便清洗碗盤。

就算現在是平日的清晨三點鐘，竜兒的廚藝仍舊不會有絲毫誤差。

「大……大蒜……」

咕嚕嚕嚕嚕嚕嚕……在聽來好笑的肚子叫聲中，隱約可以聽見她在說夢話。竜兒稍微猶豫了一下該不該碰她——

「……逢坂。逢坂大河，起來！妳想吃的大蒜散發出麻油的香味喔！」

竜兒輕輕搖了一下睡在床上的嬌小身體。

「……炒……炒……」

「對，是炒飯喔！」

「炒……飯……」

淺色的嘴唇邊緣流出口水。都看到了，總不能不擦吧……傻眼的竜兒拿起面紙輕輕擦拭她的嘴邊。

「起來吧，飯會冷掉喔！」

逢坂的睫毛微微顫了一下。竜兒避免碰觸到她的身體，抓住她的衣服將她自床單上拉起來。半途逢坂還不情願地扭了一下身子。

「……啊……咦？」

似乎總算醒來了。她不高興的皺著眉，甩開竜兒的手，狐疑地拿下放在額頭上的濕毛巾，小小的鼻子抽動著：

「……什麼東西？這是什麼東西的味道？……有大蒜的味道……」

眼睛骨碌碌地環顧四周。

「我剛剛不是跟妳說了是炒飯嗎？快點吃一吃，增加血糖值吧！要不然等一下又要突然昏倒了。」

竜兒指了指矮桌上準備好的炒飯給逢坂看。啊！她的眼睛瞬間發出了光芒。但是——

「……你有什麼企圖……」

她迅速繃起臉來半瞇著眼，瞪著身穿運動服的竜兒。

「我哪有什麼企圖？眼前能夠讓妳醒來的，我想大概只有炒飯而已吧？妳的肚子叫得很厲害喔！在學校也發生過類似貧血的症狀……喂，妳該不會完全沒吃飯吧？」

「關你屁事啊！別管我！……這個房子，只有你一個人嗎？」

「還有我媽，現在去工作了。要來打人之前，好歹也要先了解一下別人家裡的情況吧！如果是一般人家，早就報警處理了。」

「囉唆！……你，沒對我做什麼奇怪的事情吧？」

逢坂鐵青著一張臉，故意用雙手護著身體，眼睛瞇成一條縫，充滿挑釁意味地上下打量竜兒。妳比較奇怪吧！竜兒將要差點喊出來的話硬生生吞了下去。

「……跑來人家家裡打人，打到一半卻因為肚子餓而昏倒，妳這傢伙有說那種話的資格嗎？好了，快點吃吧！」

不管怎麼說，現在時間是凌晨三點鐘，不適合再掀起爭端打擾左鄰右舍。

「不用——嗚嗯！」

竜兒用湯匙挖了一大匙滿滿的炒飯，強行塞進此刻還在床上嘟嘟囔囔個沒完的逢坂嘴裡。這是個需要相當勇氣的動作，不過竜兒已經自暴自棄了——反正船到橋頭自然直。這個時候似乎相當有男子氣概。

「你、你想幹嘛！」

眼睛閃著光芒的逢坂推開湯匙。不過看來她並不打算把嘴裡的東西吐出來。小小的臉頰鼓得像松鼠，嘴裡不斷嚼著嚼著。

「ㄋ……嗯咕，你、別以為這麼做問題就解決了……」

咕隆，吞了一口。

「……剛剛的事情，還沒講完啊！」

從剛剛推開的竜兒手上奪過湯匙。

「最重要的是，為什麼你會知道信封裡頭是空的呢？」

她拖著長長的裙子沙沙沙地下了床。

「一定是因為你想偷看裡頭的內容，所以把信封打開了對吧！低級的傢伙！偷窺狂！」

哼！她轉身背對著竜兒，在矮桌前坐下。

「……不是那樣啦！我是……那個……透光看到的啦。」

雖然不全然正確，總之先這樣回答吧。可是也不知道她到底有沒有在聽，坐到矮桌前的逢坂用湯匙將一小部分的炒飯山弄垮，接著以奇妙的緊張氣氛輕輕將炒飯送進小小的嘴裡。

嚼嚼嚼嚼，吞下去。也喝了口湯。哈……一瞬間露出鬆了口氣的表情，接著又再喝了一口。面對這樣的逢坂，坐在她對面的竜兒提起了炒飯時所想到的事。

「我說，逢坂啊，妳稍微聽一下。我說，本來──」

嚼嚼嚼嚼。

「妳那封信……應該說是信封，讓我看到了，也不是什麼可恥的事情啊……」

嚼嚼嚼嚼嚼嚼嚼嚼。大力挖！大口吃！

「就我認為──」

拚命吃拚命吃拚命吃拚命吃拚命吃拚命吃拚命吃拚命吃拚命吃拚命吃拚命吃！

「聽我說！」

「再來一盤！」

「好！」

幸好有多做……竜兒碎碎念著，將平底鍋裡的炒飯都盛進盤子，然後端到逢坂面前。

「我說……聽我說啦！」

怎麼講她還是充耳不聞。這就是所謂的專心一致吧？食物究竟都跑到這小小身體的哪裡啊？逢坂心無旁騖地吃著炒飯炒飯炒飯炒飯……這是她一人獨享的炒飯祭典。

再這樣下去問題無法解決，炒飯的樣子也瀕臨崩塌邊緣。竜兒心裡下了決定，將擺在客廳角落的鳥籠拿了過來。

「喂，逢坂，妳看一下這傢伙——是好吃的東西喔！」

「好吃的東西？」

趁她有了反應抬起頭來時，啪！竜兒將布掀開，讓她看看裡面的東西。

「呀！」

「怎樣？很噁心吧？」

實驗證明地震震度要到達四才會醒來的高須小鸚——抽筋、翻白眼、喙子半開、垂在嘴外的怪舌頭——醜陋睡臉立刻奏效，逢坂向後跳開。

「好噁心啊！幹嘛讓我看那種東西！」

看來她終於可以聽見竜兒的聲音了。

「……小鸚，真對不起，你好好睡吧……那麼，逢坂！」

將小鸚的布蓋回去，竜兒端正坐姿與逢坂面對面。逢坂終於稍微恢復平靜。幹嘛啦！抬眼瞪向竜兒，不過手上仍舊抱著盤子繼續進行她的炒飯祭典。

「妳一邊吃一邊聽我說。我想說的，也就是……那種事情沒什麼好丟臉的。我們是高中二年級的學生，有一、兩個喜歡的異性也是理所當然的，所以寫情書也沒什麼奇怪的。這世上順利交往的情侶們，不也都是經歷過許多風風雨雨，才能夠在一起的嗎？」

「……」

嘴裡嚼著嚼著，逢坂用盤子擋住臉，似乎是有些不好意思。

「不過，也是啦，平常哪有人會把情書錯放到其他人的書包裡呢？——而且還忘了把信放進信封裡去。」

竜兒一說完——

「都是你啦！」

咚！逢坂突然揮拳敲向矮桌桌面。她抬起臉來，手拿湯匙指著竜兒。

「……你啊，從剛剛就自顧自說個不停，我先把話說在前頭喔，那時候我還在猶豫要不要把情書放進去，正在考慮該不該打開書包時，你就出現了。我心裡一急，只想把信藏起

來，就不小心放進書包去了……結果沒想到那是你的書包……」

「啊，逢坂……嘴巴旁邊有飯粒喔。」

「吵．死．人．了！」

「唔……」

增添了恐怖氣氛的銳利眼神，有如刀刃一樣閃閃發光。被瞪視的竜兒立刻閉嘴不再繼續說下去。

看來她在餵飽肚子的同時也充電完畢了。哼，下巴傲慢地高抬著，殺人般的目光讓竜兒定住不動，活力和殺氣同時恢復的掌中老虎猙獰地低聲長嘯。

「高須竜兒……那個時候如果你乖乖交出書包的話，就不會那麼多事了……我要怎麼報復才好？要怎樣消去你的記憶才好？做出這麼丟臉的事，我要怎麼活下去才好？」

——又回到那個話題了。竜兒瞬間抱住了頭，然後——

「我不是說了那沒什麼好丟臉的嗎！聽好，妳在這邊等我！」

竜兒自暴自棄了。

離開客廳，進入自己的房間一會兒後，手裡拿著一堆東西回來。他把那堆東西全部擺在逢坂面前；數冊筆記本和紙片、ＣＤ、畫冊、二手的ＭＤ播放器等等。既然這樣就讓妳看，全部讓妳看。

「這些是什麼？」

「妳別管，看就是了。隨便妳要看什麼都可以。」

嘖！咂舌一聲，逢坂不耐的挑了本距離最近的筆記本。啪沙啪沙地翻了翻，手指停了下來，心情不好地歪著臉，來回看著竜兒和筆記本。

「我說真的，這是什麼？你到底在幹嘛？」

「那個『一覽表』是什麼妳知道嗎？應該不曉得吧。那個東西是我為喜歡的女孩子編的演唱會曲目。順便告訴妳，裡面還根據春夏秋冬不同季節，而有四種主題。而且我連ＭＤ都錄了。」

就是這個。邊說著，竜兒邊打開ＭＤ播放器的電源，將耳機塞進不情願的逢坂耳朵裡。隱約自耳機流洩出的聲音，那是夏季演唱會的第一首歌。

「然後這是我寫的詩。這是思考『正式交往後，第一個聖誕節要送什麼禮物？』時寫下的筆記。送送香水應該不錯吧！不過，正確的說法應該是淡香精（註：Eau de Toilette）才對！就連要送的牌子，我都費盡心思列了出來，還跑去賣這些香水的店裡調查每一瓶香水的價格，然後記下來……如何？我常常在做這些事情喔！」

「噁心死了！」

逢坂拔下耳機，像是扔髒東西般地丟回給竜兒。就算被耳機打到，但是竜兒仍不後退。

「噁心就噁心，可是啊，我特別讓妳知道這件事，是因為我絕不認為妳的做法很丟臉！喜歡女孩子哪裡錯了？沒有勇氣告白，只能這個樣子自我幻想的確是很沒出息沒錯，可是我不認為這是丟臉的事！」

不，可能還是有一點丟臉啦，不過反正話都說出去了——就在這一刻，竜兒不想讓她看到而藏在身後的東西，因為轉動身子的動作而失去平衡，滑落到逢坂腳邊。

「啊！不行……」

「……這是什麼？信封？」

慌張想要拿回信封的手，比小一圈的手慢了一步，徒然在半空中拚命掙扎、舞動。

「高須竜兒上……櫛枝実乃梨同學……櫛枝実乃梨同學？」

「那、那個是……等、等一下、那個不……」

「情書嗎！而且……給小実的？你？要給小実？這也是？這封也是？」

已經沒有否認的機會了。沒有打算寄出去，只是寫來滿足一下的三封情書，現在全部攤在日光燈下。

「唔哇……你喜歡小実……咦！……騙人！你太自不量力了吧……」

「妳、妳有立場說別人嗎！咦什麼咦啊！說起來妳還不是喜歡我的死黨北村……」

「……囉唆，我不是叫你忘了這回事嗎？……還在那邊畏畏縮縮的，就乾脆點告白啊！」

「彼此彼此吶！」

要不要拿木刀？還是要丟掉？究竟要不要打？還是要來更狠的？哇哇呀呀地吵了一陣子之後——

「啊……！」

竜兒突然回過神來。一個不留神，窗外的天空已經隱約發白——天快亮了。

「糟了！已經要四點了……」

差不多快到泰子下班回家的時間。讓逢坂繼續待在家裡可就不妙了，到時泰子又會說些有的沒的，再加上我也盡可能不想讓其他人看到泰子的樣子——「小竜嗯，泰泰啊，口好渴嗯～」也不太妙。

再說，送早報的時間一到，樓下的房東就會起床，到時恐怕會跑上來抱怨我們發出的噪音……不，他可能已經起床了，現在正在等待上來抱怨的好時機。竜兒臉色瞬間大變，這可是有可能的。糟糕，如果現在被房東趕出去，根本沒錢搬家啊……上個月（泰子）才（任性地）用盡存款買了一台和屋子不搭調的薄型電視……

「總——總之！總之，這件事我絕對不會告訴其他人，也沒把逢坂當作笨蛋，畢竟我也是半斤八兩。所以說，這件事情就到此為止吧！」

「……辦不到。」

「為什麼！反正妳先滾回……請妳先回家吧……！我生病的媽媽快回來了……」

那情況從某些角度來看的確是有病，因此這不算是說謊。可是——

「不要！我信不過你，再說……再說……」

逢坂突然像小孩子一樣，在客廳正中央緊緊抱住膝蓋坐下。臉頰靠著膝蓋，一手在老舊的榻榻米上畫著圈圈。

「……喂，那個……情書啊，該怎麼辦才好啊……總覺得現在還不到遞情書的時候——」

逢坂竟然開始跟我討論戀愛！啊啊啊，竜兒搔搔頭：

「這、這件事情，改天，我再好好聽妳說！現在！吶！麻煩妳先回家吧……我求妳！」

「……改天真的會好好聽我說？」

「會聽！絕對會聽！妳說什麼我都聽，妳要幹什麼我都幫妳。我發誓！」

「……你要幫我嗎？不論什麼都幫我？」

「幫！幫幫幫！什麼都幫！」

「什麼都幫嗎？什麼都幫，這可是你說的喔？……你會像狗一樣什麼都幫我？當我的狗為我做所有的事情？」

「幫，拚命幫，我發誓！不論是狗還是什麼都好，我都幫！……所以說，吶？今天就到此為止吧？好嗎？好嗎？」

「好吧……那我回去了。」

看來她總算接受了。逢坂拿著木刀站起身。仔細看看窗邊，小小的鞋子孤零零地脫下來丟在那裡。果然是由窗戶侵入的呀……逢坂斜眼看著低語的竜兒，拿起鞋子往玄關去，突然，她回過身來——

「喂！」

又有什麼事了？竜兒不禁擺出準備接招的動作。不過——

「炒飯還有……嗎？」

「咦？啊，沒……全都被妳吃完了。」

「是喔，那就算了。」

「妳還沒吃飽嗎？那些差不多是四杯米的量耶。妳肚子那麼餓啊？」

沒有回答，逢坂背對著竜兒，一腳穿進一隻鞋子裡。

「……紙拉門……」

又再度沒有預警的回過頭來低聲說。

「嗯，妳的話題還差真多。」

「紙拉門，破了一個洞……修補那個很花錢嗎？」

抬頭看向竜兒的臉，逢坂大大的眼睛眨了兩次、三次。心跳突然亂了起來，竜兒避開逢

坂的眼睛。不是害怕，而是有些疑惑。這還是他第一次看到沒在生氣的逢坂。

「啊啊……嗯……要修補的話，我想應該可以自己來……吧。我剛剛看過，那個洞不大，如果有品質不錯的和紙就好了，不過這附近只能買得到紙窗戶的紙或是日本紙。」

「嗯……」

猜不出她有什麼打算，一張無表情的臉。

「和紙……這個如果可以的話就用吧！」

逢坂遞出一個東西。問題是……叫我用這個……竜兒更加困惑地看著她塞進自己手裡的那個東西。再怎麼說，叫我用忘了放信進去的情書信封來修補紙拉門……

「啊，呃……嗯！」

「如果這個派的上用場，就用吧！如果要花錢，我會全額支付的。」

也沒回答是不是沒吃飽的問題，逢坂開始不耐煩地綁起鞋帶來。那個圓圓的背影，總覺得……總覺得——

「……喂，等一下啦！」

不能不叫住她的感覺。

「幹嘛啦！」

「……妳多久沒吃飯了？」

「幹嘛那麼在意啊？也不是沒吃啊……就是便利商店的食物都吃膩了……所以就算買了也吃不太下……」

「便利商店？三餐都是？這樣對身體不好吧？」

「車站前原本不是有間便當店嗎？可是那家店上個月倒了，所以之後就只剩下便利商店可以吃了……超市的熟食，該怎麼說……我不太清楚要怎麼買……」

「不知道怎麼買？就只要把妳喜歡的食物裝進透明盒子裡就行了，接著再拿到收銀台請他們幫妳秤重量……話說回來，妳爸媽呢？」

綁好鞋子的鞋帶後，逢坂站起身來。竜兒看到她含糊搖頭的樣子，心想，糟了。家家有本難念的經，特別是謎樣的逢坂家，就算有常人無法想像的情況，也沒啥奇怪的。自己也是個對自己的家庭環境一路辛苦應付過來的小鬼啊，怎麼會說出這種有欠考慮的話呀！有些尷尬的竜兒沒再繼續多問下去，僅僅目送著開門走出玄關的長髮背影。

「啊，等一下！我送妳回去！這種時間一個人很危險……」

「放心，很近的！……再說我有木刀啊。」

「不，那反而更危險吧？」

「真的很近啦！拜拜，竜兒，明天見。」

一個閃身，逢坂跑了出去。竜兒匆忙套上涼鞋，連門都沒鎖就追了上去，可是由玄關往

樓下看，已經不見逢坂的蹤影了——她果然擁有異於常人的快腿。

「……結果還是讓她一個人回去了。話說回來……」

剛剛她是不是直接叫了我的名字？

竜兒瞇起了雙眼，歪臉瞪著逢坂消失的方向……並沒有生氣，只是心裡一團亂。

在天亮前、在泰子回來之前，竜兒已經將房間收拾得乾乾淨淨。這還多虧平日就有好好整理的功勞。

然後，從這一天開始，高須家的紙拉門上，多了幾朵以俐落刀法割下來的淺桃色櫻花以及片片花瓣。

## 3

黎明的那場喧囂宛若一場夢，寂靜的清晨來到高須家。

遭到掌中老虎襲擊，竜兒睡回籠覺的時候已是清晨五點了。正值成長期的身體沒睡夠真的是很痛苦，張開的嘴大大打了個呵欠，振作精神，在一如往常的時間起床。還有一大堆非做不可的事情……

去過盥洗室與浴室後，接著要給小鸚飼料。一如往常地確定牠已經醒來後，再把鳥籠的布拉開。但是——

「早安小鸚……哦——！」

臉朝上躺著，小鸚死了。

「剛、剛剛不是還回我話嗎？小鸚！」

「……嗯……嗯、嗯……」

——不，牠還活著，只是橫躺在鳥籠底下，看到的人還以為牠死了，不過看來牠應該只是躺在那裡而已。竜兒一叫喊，牠又站了起來，不知為什麼地鼓起羽毛，那樣子看來令人覺得不舒服。

「我已經搞不懂你到底在想什麼了啦……！」

「早安！」

果然還是比較想養貓咪或是狗狗，還是那種能夠和人心靈相通的寵物比較好。一邊這麼想著，竜兒一邊更換飼料盒。

「……嗯……嗯……嗯小、小……小嗯……小嗯……」

小鸚直直看進竜兒眼裡，努力的想要說什麼。該不會是這麼多年來一直不斷教牠，卻怎

麼樣也教不會的那句話吧？

「難道……你終於要說出『小鸚』了嗎？終於學會怎麼說了嗎！」

竜兒不禁興奮的緊貼著鳥籠。他眼前的小鸚一臉聰明的張開尾巴的羽毛，就在下一刻，就是下一刻——

「小——便！」

「無聊死了！」

啪沙！竜兒想都沒想就以夜用布蓋住鳥籠，靜靜地離開客廳。他的長相雖然凶惡，但內心卻很穩重。如果每件小事都要放在心上那還得了！他以男人的氣魄保持平靜，準備去看看應該已經睡著的泰子，於是打開紙拉門——

應該是剛睡著吧？有聽到玄關門打開的聲音，所以竜兒知道她已經回來了。

「……話雖如此，這也太過分了啦……」

口中唸唸有詞，眼睛閉著。

泰子醉到滿屋子都是酒臭味地睡著了。但是，為什麼是翻跟斗的姿勢呢？她以翹著屁股的樣子睡覺。幸好有換上運動服，就算她是媽媽——不，正因為她是媽媽才要對她更嚴格。以我這個做兒子的標準來說，露出內衣褲就是不合格。看來她大概是卸妝卸到一半就沒力了吧？就算半邊臉卸乾淨了，另外半邊卻像畫著濃妝，看起來就像雙面人（註：動畫《無敵鐵金剛》中半邊男人半邊女人的敵方角色，原名為「阿修羅男爵」），而且一臉看來很痛苦的樣子，臉上浮現苦悶的表情。

根據竜兒的推測，原本泰子應該是隨意坐在和式被鋪旁邊的小桌子前卸妝，結果卸到一半睡魔入侵，頭就直接倒向棉被了。

「真虧妳沒扭斷脖子啊……喂，睡好啦！這樣子睡會死掉哦！」

「……泰……泰泰……嗯……嗯……泰……」

和小鸚同樣的狀況，同樣的說話方式。

竜兒一邊感受泰子與小鸚間看不見的羈絆（腦袋的水準），一邊將泰子的身體擺正，讓她好好躺在和式被鋪上。泰子一直想要自己的床，可是這種睡像，死也不買給她！

竜兒從房間角落擺著的便利商店袋子裡面救出濕淋淋的冰淇淋，壓低腳步聲走出房間，並輕輕關上紙拉門。總之得先把融化的冰淇淋放進冰箱裡去。

接著要開始準備早餐和便當了。看看冰箱裡頭——

「啊，對了——」

竜兒凶惡地瞇起雙眼，不是在生氣，而是失望。

炒飯祭典用掉了雞蛋和培根，結果早餐的培根蛋沒了。另外冷凍白飯也用完了。

「……早飯喝牛奶就算了，便當的話……偷工減料吧！能當配菜的只有芋頭了。」

無論如何飯是一定要煮的，所以竜兒決定要做簡單的什錦飯和滷芋頭。

洗米，倒水之前先加入適量的酒、醬油、味醂，用剪刀將昆布剪碎加入，再把水煮竹筍和瓶裝金針菇全部放進去。加入適量的水，按下開關，這樣就完成了，剩下只要等它煮好就行了。

接著他以神乎其技的速度剝掉芋頭外皮，把芋頭放進鍋子燉煮到只剩少許的水。然後清洗砧板、菜刀及流理台的垃圾，等鍋中熱水變少、芋頭露出水面，這時再目測加入粗砂糖、味醂、酒、醬油、高湯粒、麵條沾醬等。接下來，只要等它煮好就可以了！改用小火防止它燒焦，慢慢煮到出門之前，醬汁就差不多能夠入味了。竜兒從來沒查過正式的做法究竟如何，不過一直以來都是這樣做就很好吃了。

起床後到現在才過了三十分鐘，時間上還很充裕。竜兒將牛奶全部倒到杯子裡，打開電視坐在坐墊上。

一邊看著早晨的八卦節目，渡過短暫的早餐時刻。眼睛和耳朵專心看著、聽著昨天的足球賽事消息，手一邊擦著桌子。矮桌被竜兒無意識地擦得亮晶晶。

支持的球隊獲勝了——撇開早餐只有牛奶這件事，今天早晨算是有個不錯的開始。如果能像去年一樣從窗外射進耀眼奪目的陽光就更棒了。望著窗外，竜兒在昏暗的房間裡嘆了口氣。這時——

「……啊！」

電話突然響了起來。會在這種時間打電話來，該不會是哪個親戚怎麼了吧？總之不能妨礙泰子（怎麼說也是一家之主）的安眠。竜兒飛也似的接起電話。

「你好，這裡是高須——」

「慢死了！你在幹嘛！」

「——」

想都沒想就掛掉電話。

你在幹嘛？普通的日常生活啊。突如其來的謾罵聲讓竜兒腦袋一片空白。電話再度響起，竜兒恭恭敬敬的應答道：

「你好，這裡是高須——」

「你剛剛掛我的電話對吧？我現在就到你家惡搞一番，如何？」

那就麻煩了。竜兒心裡直接了當地的反應。房東雖然沒有過來抱怨，不過從剛剛開始就聽到她在玄關前大聲掃地的聲音。恐怕是在等待竜兒出門的時機吧，她打算等竜兒出門時再好好唸一頓，所以在外頭伺機而動。看來竜兒家已經被列入黑名單了！

會用這種黑道威脅口吻說話的傢伙，腦袋中所能想到的就只有這麼一個——

「逢坂……大河……」

擁有這個凶猛的黑道別名——掌中老虎。

「覺得麻煩的話就快點過來啊！你在幹嘛？該不會已經違背你的誓言了吧？你這傢伙真是搞不清楚狀況耶！」

「誓言？妳該不會是說真的吧？」

「你不是說要像狗一樣什麼都做？你發誓了對吧？所以給我過來！現在過來！從現在開始每天上學前都要過來！」

「……等、等一下！昨天我們說的，是那個吧？我說會幫妳的是另外一件事吧？應該是我會幫妳增加和北村說話的機會……我發誓的應該是這件事才對吧……？」

「嘖！」

電話那頭傳來的紮紮實實、極度不耐煩的咂舌聲。

「說好什麼都做的人是你吧？不管啦，反正你快點過來啦！我說會做的事，就一定會做哦……至於會做什麼，就不用我多說了吧。」

看來她的心情很差——逢坂的聲音就像地獄傳來的鬼哭神號，不吉利地震動著竜兒的耳膜。事到如今，在電話裡說什麼也沒用了。

「……反、反正、不管怎樣……我會過去啦……可是……我不知道妳家在哪裡啊？」

「你靠近窗戶往外看。」

「啊？窗戶外面？從我家窗戶能夠看到的只有──啊！」

拿著電話分機穿過狹窄到令人落淚的客廳，由陰暗的窗邊向外看，從這裡可以看到的就只有那棟布爾喬亞大樓了，可是在那棟大樓的二樓……視線正前方的窗戶──

「那身奇怪的睡衣是怎麼回事啊？」

一手拿著時髦電話的逢坂大河此時臉上出現一副掃興的表情。

「啊，滾開，別看我！」

因為覺得冷所以披著泰子的「暖烘烘羊毛衫」（整件都是愛心花樣）的竜兒連忙用雙手遮住衣服，臉上表情十分凶惡。不是在生氣，而是感到丟臉。

逢坂也生氣地用力關上昂貴的窗簾。

「我才不想看咧！快點滾過來啦！雜種狗！」

逢坂丟下這句話。但是竜兒還有點事情要做。

「等一下！再給我十分鐘就好！」

「……為什麼？」

「因為便當要帶的什錦飯還沒煮好。」

「……」

從沉默安靜下來的那一邊，隱約傳來了震天乍響的肚子叫聲。那叫聲實在太大了，叫人

想裝成沒聽見都難。

「……妳、妳要不要也來一點？」

沉默持續了好一陣子，窗戶那邊那棟布爾喬亞大樓的窗簾終於開了十公分左右的寬度。

逢坂仍舊沒出聲，對著竜兒點點頭。

泰子、小鸚，再加上逢坂。

看來等待竜兒飼料的成員，又多了一個。

＊＊＊

這是出生以來第一次看到自動鎖。

白色大理石打造的入口瀰漫著比外頭冰冷的空氣。周圍異樣寂靜，彷彿在防備著竜兒。面對這種不合時宜的氣氛，竜兒的眼神不禁凶惡了起來。他瞪著眼前這個謎樣的機器。在與腰等高的大理石檯子上頭裝有按鈕、鑰匙孔和類似對講機的東西。那東西的另一頭，是繼續通往大樓內部的自動門。可是站在門前，門也沒有自動打開。右手邊就是管理員室，但門上掛了「清潔作業中」的牌子，看來裡面應該沒人在。這個機器到底該怎麼用？這樣一來就沒辦法前往掌中老虎的柵欄了——竜兒不知該如何是好地不發一語，這時——

「……早……安……？」

一名年輕女性向竜兒打招呼，但旋即又以狐疑的目光盯著竜兒——這傢伙是誰啊？——邊從門裡走出來。

「早、早安。」

尷尬地低著頭，竜兒趁著門還沒關上前鑽進那扇門。這樣進來好嗎？心裡頭有些慌張，不過應該也不會被說什麼才是。

搭上電梯，按下二樓。門一打開，就見到校外教學時住的飯店裡，那種鋪著地毯的走廊展現在眼前。

這讓竜兒立刻想到房租不知道多少錢……對了，剛剛忘了問門牌是幾號。不過這問題立刻就解決了——

因為走廊盡頭，只有一扇門……也就是說，這棟布爾喬亞大樓的二樓，都是逢坂家。

「真有錢啊……難道『逢坂的父親是黑道』說法是真的？」

深思中的竜兒帶著幾分緊張的心情（雖說是逢坂，但也是女孩子的家呀），按了按門鈴。可是似乎沒人應門，按了幾次仍然沒回應。

距離上學還有一點時間，不過這時間可不是無限的啊！他膽怯地試著輕輕打開門。

唔，屏住呼吸——門打開了。

「……早、早安……逢坂……！我是高須……喂——！」

邊窺伺著屋裡，邊出聲喊叫，但還是沒有回應。喂——！喂——！隨著喊聲，竜兒走進大理石玄關。

「……打……擾……了……我、我進來嘍？可以嗎？」

自己語帶威脅地叫我過來，現在卻讓我一個人站在這裡？如果遇到她的家人，特別是她爸爸的話該怎麼辦？竜兒擔心地脫下剛才擦亮的學生鞋，穿著襪子踏上木板走廊。

一邊四處張望一邊往屋裡走，竜兒嘴裡發出「唉……」的嘆息聲。不論是白色壁紙、原色木頭地板，還是崁入式間接照明，都相當具有品味，與附近其他出租公寓完全不同。事實上，對室內裝潢相當有興趣的竜兒，以饒有興味的眼神輕輕推開霧玻璃門。然後——

「哦哦……！……哦哦？」

先是讚嘆，接著是——異臭！

令人讚嘆的是二十疊（註：二十個榻榻米大）以上的客廳。純白色的地毯配上淺灰色的沙發、然後還有純白色的餐桌、名家設計的精緻椅子……朝南的窗外看到的是過去高須家看到的景觀——隔壁公園的樹木。色彩低調的家具絕對無損客廳的寬闊，充滿個性的設計感表現出高於一般人的品味。玻璃水晶吊燈時髦又美麗。不過奇怪的是，這些沙發和椅子都只有單人座。

這麼寬闊的客廳，通常就算擺了五六人分的椅子也不奇怪啊。

然後那個異臭——

「是這個嗎……」

味道來自漂亮的歐式廚房。

難得能夠擁有那麼大的不鏽鋼水槽，裡頭卻堆滿了不知從幾時開始堆起的髒汙碗盤。這樣一來，排水溝裡頭的狀況又是如何？光是想像就讓人頭皮發麻。而且廚房的不鏽鋼部分全都霧霧的，到處都是——

「唔喔喔喔喔……！」

讓人痛苦得快要昏過去的黑色黴菌。竜兒像被吸過去般搖搖晃晃地接近，以顫抖的食指擦過調理台。那觸感不用說，當然是滑膩膩、厚厚的一層……

無法接受！

我絕不允許這種情況！這是對廚房的褻瀆！對生活的褻瀆！即使2DK房子裡的廚房狹小擁擠又黑～暗，至少它是清潔的。乾淨到就算用舌頭舔也不會覺得怎樣。有人每天為了維持它的清潔而努力，也有人明明就有這麼漂亮的系統廚房，卻、卻、卻把它弄成——這樣！

「逢、坂——！」

竜兒飛也似的狂奔了起來。已經受不了了！竟然讓我看到這副景象！

「讓我、不管怎麼樣……讓我來打掃妳家廚房吧！」

竜兒心中的某個東西綳開了！

爆著青筋，有如子彈般在客廳裡繞了一圈，卻沒找到逢坂。因為興奮而閃閃發光的危險瞳孔發現了拉門。

「這邊嗎！」

用力拉開拉門一看——

「……啊。」

——答對了。但是，似乎又有些……大失敗。

逢坂大河就在這裡。

面對那片寂靜，竜兒不禁噤口，連呼吸也停了下來。

向北的窗戶上掛著窗簾、挑高天花板的寂靜房間裡，純白色的地毯上到處都是脫下之後隨手亂丟的飄逸連身洋裝。房間的一角擺放著一式同樣的純白色書桌與椅子，房間正中央則是一張吊有白色蕾絲睡簾的公主床。

這裡就是逢坂的房間。

逢坂大河在蕾絲的環繞下睡在床的正中央，長長的頭髮散落在床單上，手腳縮成一團，靜靜地熟睡著。

電話的子機落在枕頭旁邊，窗簾縫看出去正好可以看到高須家的窗戶。

「……在睡回籠覺呀……」

嘶、嘶，只有規律的打呼聲在寧靜的睡房裡響起。

無法接近她，竜兒保持著這個距離望著逢坂的睡姿——也不是真的很想看，只是因為視線離不開。

包裹在寬鬆的睡衣裡，原本嬌小的手腳顯得更瘦小纖細。只有此刻才有的安穩臉頰猶如冰雕般透明，像快要融化了一般。小巧的鼻子、微張的小嘴、往下伸展的長睫毛……要不是因為聽見了打呼聲，這個模樣真會讓人無法判斷她究竟是不是還活著——逢坂大河沉睡在寧靜的床單海裡。

不是因為直接目擊同學的睡姿，而是眼前這副光景實在太像是童話故事中的世界了。

竜兒覺得她看起來像是睡美人，像個真正的女孩子。不過他馬上否定這個想法！

——她不是公主。

不是公主——她是被公主遺忘的洋娃娃。把她抱起來眼睛就會張開了，卻被忘在這裡，所以只能不斷沉睡下去的小小洋娃娃。

娃娃睡著的這張床、這個房間、這個家，全都不是娃娃的東西，而是公主的，所以尺寸

才會那麼大，跟娃娃的身材完全不合。

可是逢坂是人類，而這個家是逢坂的家——對了，她的家人到哪裡去了？

在一片寂靜的房子裡繞了一圈，竜兒沉默地瞇起眼睛。一張椅子、一張沙發……這裡除了逢坂之外沒有其他人，只有被問起家人時會搖搖頭的逢坂睡在這裡。

看看手錶，距離規定的到校時間還有一點時間。

總覺得要叫醒她有困難，於是竜兒悄悄地離開房間，避免發出聲音地關上了門。如果到上學前一刻她還不起來的話，到時候再叫她吧！

與寂靜睡房分割開來的另一個空間，竜兒慢慢脫下立領學生服、捲起衣袖來。

「……來吧！」

銳利目光的前方，聳立著滑膩不堪的系統廚房。限制時間是十五分鐘。男人對抗骯髒的不鏽鋼，比賽就此開始！

逢坂大河醒來時，看到這副光景一定會感到難以置信吧？

雖然還沒清完……剩下的明天再繼續！高須竜兒如此宣言。背後那些事隔半年沒有清理的餐具，還有廚房的不鏽鋼櫥櫃，全都變得乾乾淨淨。

然後是什錦飯和速食味噌湯的早餐。

內容和早餐相同，不過我帶了很多過來哦——這是一分加上說明、結結實實沉重的便當。

一切的一切，全都是為了那個正沉醉在回籠覺裡的逢坂大河而做的。

＊＊＊

「就是因為不想遲到才叫你過來接我，為什麼還搞到現在這個時間？你是不是幹了什麼事啊？」

「啥！我不是一直叫妳吃快點、吃快點了嗎？不斷說再來一碗、再來一碗，死都不肯把碗放下的是誰？」

「我又沒叫你幫我做，是你自己那麼開心把早餐都做好了，剩下的話你就太可憐了，所以我才幫你吃啊！你應該要感激我的大恩大德吧？」

「還來……！便當還我！」

「囉唆啦！別靠近我！好色狗！」

「妳這傢伙……還來！我一定要妳還來！連同我的體貼一起還來！」

「閉嘴啦！爛人！」

「我、我可沒有多餘的什錦飯給叫別人爛人的傢伙吃！」

並肩飛快地走在往學校的路上，竜兒和逢坂展開了一場危險的攻防戰。綠色嫩葉閃耀的行道樹下，兩人在人行道上大吵大鬧，再沒有其他人比他們更造成旁人困擾了。

竜兒從上方攻擊，想要搶走逢坂小小手上拎著的便當袋；逢坂躲開了，善用嬌小的身軀，早一步蛇行移動，與竜兒保持著一定的距離。擦肩而過的人們，為了不想與目光恐怖的邪惡高中生，和一臉無辜的小個子美少女之間的追逐有所牽連，紛紛避開視線。

「怎麼會有這種不知感恩的女人……真教人難以置信！妳家廚房也是我清乾淨的耶，雖然還沒做完——」

「我就說了我又沒叫你做！」

「妳啊，我話先說在前頭，妳真的太過分了！水槽裡頭積著的水都發臭了……排水溝裡頭全是黏液、黴菌，還有腐爛的廚餘所交織出的地獄景象……妳到底是從什麼時候就開始不管它一直到現在啊？屋子裡臭得跟什麼似的！」

「半年前左右。」

「妳簡直沒資格當人……！」

竜兒伸出手指著她，面無表情的逢坂只回了句「關我啥事」，加快腳步往前去。不是因為想要聽那傢伙的話，而是那個廚房——那個簡單清理過一次的骯髒流理台，竜兒實在不想

就這麼棄之於不顧。他想讓它乾淨、想讓它漂亮、想讓它方便使用……這個想法不斷在腦中沸騰，連自己也阻擋不了。

「這就叫犯賤……嗎？」

一個人自言自語地追著逢坂，或是應該說，因為同樣要往學校去，也只能走在她後面。逢坂悄悄回頭看看竜兒：

「別管這種小事，你不要忘記到學校要幫我喔，別想落跑！」

逢坂用已經完全清醒的視線看著竜兒說道。小小的鼻子發出聲音，這就叫作事先警告嗎？加快腳步的竜兒則回說：

「我說，用這種態度跟我說話的人我可不想幫！」

竜兒撞上冷不防停下腳步的逢坂，正好在胃部附近吃了逢坂一記肘擊。

「妳、妳這笨蛋，不要突然停下來啦！」

心情差到不行的竜兒不顧死活地抱怨著，但是逢坂的視線完全沒看向竜兒。

「小実！妳又在等我啦？」

「好慢喔，大河！今天也先繞去其他地方了嗎？」

「……嗯！」

就在要摔倒前的千鈞一髮之際，竜兒站好了腳步。逢坂視線前方、站在大十字路口一角

的，正是櫛枝実乃梨。

只有臉頰一帶的肌膚被太陽曬過，配上骨碌碌圓溜溜的大眼睛，天真浪漫地笑著朝這邊大力揮手。頭髮在朝陽照耀下閃閃發亮，裙擺隨風舞動……可是那隻手的動作卻出其不意地停住，笑臉消失了，取而代之的是睜得大大的眼睛——

「咦——！怎麼——？騙人吧！怎麼會？」

「怎麼了，小実？」

「耳、耳朵……」

実乃梨以尖銳的聲音叫喊，同時激烈地來回確認一起上學的竜兒與大河。

「還問我怎麼了！咦、咦……原、原來如此嗎……我都不知道，原來大河和高須同學感情好到會成雙成對來上學……」

「妳搞錯了啦，小実。再說這種時候沒人會用『成雙成對』這個詞吧。」

「這樣啊……！那，那叫做什麼？呃，這種時候……啊啊！我想不出來要用哪個詞形容啦！啊，想到了！『相約同行』？」

「不對、不對！我們才沒有約好一起來學校！只、只是剛好，在那邊遇到而已！」

竜兒反射性說出這種藉口，親暱地說道：

「對吧！我說得沒錯吧，逢坂？」

回過頭的同時，臉上浮現出詭異的親切笑容。

「什麼啊，原來真的只是偶然遇到呀！」

「是呀，我們好像住得很近。」

感情很好的逢坂和実乃梨兩人肩並著肩開始向前走。這麼難得的機會怎麼可以放過！竜兒匆匆忙忙從後頭跟上，同時他的腦袋開始思考。

難不成逢坂大河因為知道我喜歡実乃梨，為了製造我和她一起上學的機會，所以才叫我過去——？

「那麼，高須同學，再見，等會兒教室見……本來想說一起到教室的啦！可是你似乎不想和我們一起走，是吧？因為我們只是偶然遇見的，對吧？」

還不到三秒鐘，竜兒的妄想馬上就被回過頭來的逢坂給擊碎。

「……啊……不、逢、逢坂……」

「那麼就拜拜了！高須同學待會兒見！喂喂大河！昨天的電視……」

怎麼了？怎麼了？我昨天晚上也有看電視……拚死伸出手想追上兩人的竜兒收到了最終警告，那就是——

——別想比我早一步順利發展！少囂張了！笨狗！

「……呃……」

逢坂再一次回過頭來的那一瞬間，那對閃耀著黯淡沉重光芒的眼神，似乎正這麼說。

可以放在手掌上的猛獸，她的眼神讓竜兒只能站在原地不動。她似乎在宣示——除非能夠和北村順利交往，否則我會徹底妨礙你和実乃梨！

就算沒有她的阻礙，和実乃梨的交往也只是痴人妄想罷了……為什麼不自覺想起悲慘的事情呢？

不行！再這麼下去就一輩子都只能當逢坂的狗了。這是目前所能想到最糟、最慘的未來藍圖……

看著兩個女孩漸行漸遠的背影，竜兒嚴肅地瞇起眼睛。正合我意！可別小看我！輕視與蹂躪首次點燃了竜兒的鬥志。

讓逢坂和北村順利交往，我和実乃梨的距離不就能夠拉得更近了嗎！

# 4

計畫很簡單——

今天體育課要打籃球。一分為二，男生一邊女生一邊各自比賽，不過開始前的暖身運動

是男女混合的——兩人一組做暖身操，一直到練習互相傳球為止，大約有十分鐘。

而且體育老師也不管誰和誰一組，大家平常總是和自己的朋友或是隨自己的高興來挑選對象。

「……所以說，平常不太交談的兩人正好能夠趁此機會開口，我覺得不錯喔！妳就去和北村一組吧，報告完畢。」

換上體育服往體育館前進的路上，竜兒說明著作戰內容。在他身旁的正是逢坂。玩弄著束起的頭髮髮尾，逢坂嘟著嘴說：

「和他同組……班上哪一個人是男生和女生同組的？我平常都是和小実一組，而北村都是和你一組。現在突然叫我跟他同組……這我絕對開不了口！」

話說得愈來愈小聲。哼、哼、哼！竜兒邊晃著手指，邊得意洋洋邊說明他所想到的作戰內容。

「重點就在此。聽好嘍！總而言之想要自然、若無其事地跟他變成一組，就需要一些準備工作。一開始我先和逢坂一組……」

逢坂充滿懷疑的眼神仰視竜兒的臉。

「……然後？」

「這樣一來，北村勢必要和其他某個人同組了。中途和北村同組的傢伙被我漫不經心的

一球砸到。雖然不至於讓對方受傷，但也足以引起大騷動了。因為我必須送那傢伙去保健室，這樣的話，剩下來的是誰呢？」

「……我，和北村。」

「對吧？這樣一來場面就會演變成『真沒辦法——那麼，剩下的兩個人就一起做暖身運動吧！』……」

「你的演技真差，當我是笨蛋嗎？再說……真會有那麼順利嗎？」

「我會努力讓它順利的！」

兩人肩並肩換了體育鞋，和其他學生一起到體育老師面前集合。

今天——我們也以比賽的方式練習籃球——老師形式上說明著。

「那麼，開始暖身運動吧！兩人一組！」

「嘿！逢坂！」

「我在這邊！我們兩個一組吧，高須同學！」

「好！一組一組！」

「……好，散開——看來今天有些傢伙很起勁哦……」

搶著一組的竜兒與逢坂匆匆忙忙在體育館的一角散開。「好厲害……高須真是不要命的傢伙啊……」、「好像是掌中老虎馴養的寵物……」雖然眾人你一言我一語發出害怕的聲

音，不過，全沒傳到他們兩人的耳中。兩人面對面，鬼鬼祟祟地說道：

「到此為止，第一關順利過關。」

「是啊。」

輕輕點點頭，交換了眼神。

不過，竜兒與逢坂突如其來的舉動，卻把班上帶往奇妙的方向去。除了害羞的那群人之外，其他人也跟著開始——

「咦——今天是這樣的日子嗎？那我也要和女孩子一組！誰要和我一組的？」

由這個輕浮的聲音帶頭。

「我也要、我也要和男孩子一組！」

「也對，偶而這樣也不錯。」

「這樣子搞不好很好玩喔！」

場面突然一陣熱絡，除了固守和同性友人約定的人之外，其他沒原則的傢伙也開始擅自男女混合組起隊來。

結果——

「丸——尾！不對，北村！和我一組吧！」

「唔？啊啊，好啊。正好我被高須拋棄了……」

呀！呻吟聲，逢坂突然打了竜兒背後一下。
「等、等、怎麼回事啊！北村變成和怪女人一組了！」
被稱作怪女人的，是班上最耀眼集團之一的木原麻耶——身體充滿彈性的十七歲——長睫毛上塗了睫毛膏，嘴唇上是薄薄的透明粉紅色唇膏，在不違反校規程度下的淡妝讓她顯得相當可愛……以上是竜兒私底下的意見。
「什麼怪女人，她是木原同學啦，好歹大家也是同班同學，別這麼叫人家！可是這跟我原本估計的……嗯啥！」
這回換竜兒大叫了。
「櫛枝，和我一組吧？」
以輕薄的口吻開口的，正是前A班時代和竜兒交情很好的能登久光同學——清新爽朗的十七歲——順應流行而戴的黑框眼鏡一點也不適合他。搞啥啊，那傢伙！在怒目而視的竜兒面前——
「OK！一組一組！」
実乃梨蹦蹦跳跳地走到能登身旁。
「啥！那！咦咦？櫛枝同學！妳要和那個怪男人一組嗎？同、同一組嗎！」
「那不是你的朋友嗎？真是的，所以我才說你是沒用的狗嘛！怎麼會連這種事都沒預料

到呢？」

「妳自己還不是贊成……！」

就在兩人醜陋地互相推委責任同時，老師的口哨聲響徹整個體育館。大家聽從號令重新整隊，首先要做的是——熱身體操。

懊悔地站到竜兒前面，逢坂搖晃著馬尾開始動起身體來。距離沒算好而和她靠太近的男生全都遭到她的眼神與嘖音威嚇。可憐的受害者拚死道歉，連忙讓出寬闊的場地給逢坂。

不論對方是誰（小実除外），只要看不順眼就會被她咬，所以才會根據她的名字幫她取了「掌中老虎」這個綽號——竜兒想起新朋友告訴他那個關於逢坂綽號的由來。被稱為老虎的確是其來有自，她似乎也沒有「北村會怎麼看我」這類充滿少女情懷的想法。

不過，站在竜兒面前做著收音機體操的逢坂，矮矮的個子、瘦瘦的身材，看起來只是個怎麼樣都與猙獰兩字扯不上關係的女孩子而已。對她的事全然不清楚的人，八成會覺得她只不過是個柔弱的美少女罷了。事實上在她剛進這所學校之初，將她視為新生首席美少女而向她告白的人，據說有如滔滔江水連綿不絕——關於這一點，此刻的竜兒也十分認同。

和其他女孩子比起來，她的體型小了一圈。其他人穿起來剛剛好的運動服穿在逢坂身上卻大很多，得將下擺捲起一些來才行。臀部也像小孩子一樣，整體來說是屬於骨架很小的纖瘦身材。

老實說，即使是被她折磨得狼狽不堪的現在，竜兒仍舊覺得逢坂「很可愛」，雖然這感覺僅限於她的外表，因為偶然四目相對時那狂跳的心臟可不會說謊……不過被瞪時滲出的汗水也不是騙人的……

如果在那個身體裡頭的不是老虎就好了——不，我在說什麼啊？……就在他感慨思考著無意義的事情時——

「廢物，你在發什麼呆啊！啊啊，該不會真的爛掉了吧？」

「……隨、隨妳說。我的腦袋裡可沒有專門對付突如其來惡言的詞庫吶——」

收音機體操結束了。

逢坂接著冷淡扭過頭去，背對竜兒的臉坐下。接下來是柔軟體操。

「……為什麼我非得開心的和你一起做柔軟體操不可啊？仔細想想摸到球時暖身運動已經快要結束了不是嗎？」

逢坂不斷碎碎唸、抱怨著竜兒的作戰計畫，細細的手指向前伸，輕輕鬆鬆就握住了運動鞋的鞋尖。要壓她的背，勢必得碰到她的T恤和她的身體才行。竜兒猶豫了一下，努力保持冷靜說道：

「哦，好柔軟喔！如果妳可以和北村這樣子聊天就好了。」

「是啊。」

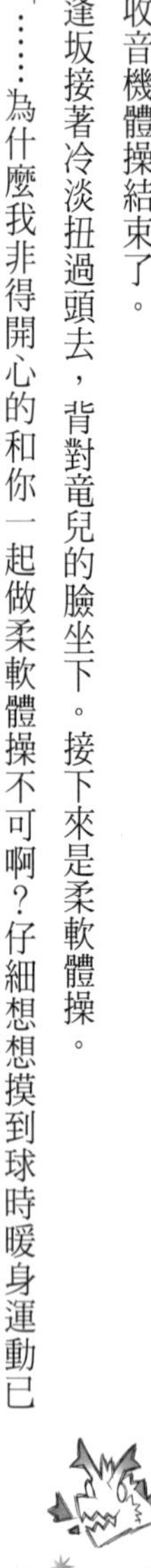

這樣空虛的對話持續進行著。竜兒真的很慌亂，大概是因為剛才在仔細思考逢坂外表的關係吧，搞得現在開始莫名意識起她的身體。

肩胛骨突出的逢坂背上，因為剛剛的熱身運動而有些溫熱。再加上，雖然只是隱隱約約，不過還是能夠看到底下穿的背心上浮出的內衣線條。

竜兒心想——也許我送了一分無比幸福的禮物給這個班上的男孩子們也說不定。

「嗯……喂，好重喔，別壓那麼用力啦！」

但是另一方面，竜兒也很在意櫛枝実乃梨。実乃梨也和逢坂一樣，被能登那傢伙隱約看到了內衣的線條嗎？

「……竜兒，好難過喔！喂！重死了啦！痛、好、重……！」

思考中的竜兒，視線由逢坂的脖子移動到頭髮分際。因為曬不到太陽的關係，脖子後頭一片雪白。耳朵後面還有頸動脈附近的皮膚，就像沒有半點雜紋的大理石般，似乎一伸手去摸，就會在上頭留下指紋一樣——光是看，就讓人心跳莫名加速、呼吸急促……

「……！……！……！」

「……嗯？妳怎麼一副痛苦的樣子？」

放開手的同時，逢坂像潛水者浮出海面時一樣「噗哈！」一聲。

「你……你等一下就知道了……來吧，交換……」

逢坂第一次對竜兒露出笑容。究竟發生什麼事了?竜兒完全無法理解。剛剛發生了什麼好事嗎?

接著數十秒之後，竜兒背對逢坂坐下——別壓得太用力喔!竜兒邊說邊回過頭。他看到了。

稍微離開一段距離後助跑，蹬!起跳，高高飛起——

「笨、住……唔哇……!」

全身的重量加上助跑力，這隻老虎打算折斷竜兒的脊椎，用力壓在他身上。腰快斷了。

「混帳東西……很痛耶……!」

「我也被你弄得很痛呀，彼此彼此!」

徒然浪費兩個人的力氣。期待已久的傳球練習總算到來。剛剛吃了逢坂一記飛踢，現在竜兒的下半身好像快裂開了，這個樣子還能夠繼續上體育課也真是奇蹟啊!

「快點按照剛才的計畫進行吧，沒問題吧?」

逢坂這麼說，並且和竜兒拉出五公尺左右的距離。其他同學也開始練習傳球，悅耳的籃球聲響由四面八方傳來。

他們的計畫是「傳球進行到一半時，竜兒用球輕輕砸向和北村同組的傢伙」剛才他們是這麼說的沒錯，可是現在出現了一個問題——

逢坂的斜後方，從竜兒的角度來看就是斜前方，在那裡練習的，是和北村同組的木原同學——是個女孩子。

就算再怎麼輕，要竜兒故意去砸女孩子，還是讓他猶豫萬分。總之，先傳球給逢坂吧！

「……搞什麼啊，怎麼是普通的傳球咧……？」

大大的眼睛閃著刀刃的反光，逢坂瞪著竜兒。

「……我在等待好時機啊。嘿！給我給我。」

「……」

滿臉不高興的表情，逢坂用力將球回傳給竜兒。然後竜兒的手一拿到球，逢坂立刻用下巴示意——

上啊！

「……好、好……好……」

隨便唬弄一陣後，他又把球傳出去。接過球的逢坂，嘴巴癟成了ㄟ字型。

「喂！搞什麼，快點上啊……」

逢坂宛若籃球高手般穩定的運著球，乓乓乓乓！運了好幾次後——

「喲！」

「唔喔！」

籃球像子彈一樣朝著臉飛來。

「妳、妳這傢伙……」

在大難臨頭之際竜兒連忙接住球，半邊臉頰被球狠狠擦過。順帶一提，竜兒沒在生氣。啊，不，可能多少有一點生氣啦，不過害怕的心情多一些就是了。

「嘿！竜兒，嘿！給我給我！」

另一方面，逢坂則是一臉無事貌，左右左右踏著華麗到令人火大的側步，運動鞋發出啾啾啾啾的聲響。她當然不是真的想要接球，看！她那亂晃的兩隻手。乾脆認真地來個男子氣慨的傳球吧！就在竜兒雙手凝聚力量的時候——

「啊……」

逢坂突然看向其他地方，竜兒連忙緊急煞車。

「妳在看哪裡啊！」

頭轉向一旁去的逢坂視線前方——「討厭啦～北村，你要丟到哪邊去啊？」、「抱歉、抱歉！」追著滾出去的球，木原麻耶跑了起來。那顆球就這麼滾了過來，碰到逢坂的腳。

「……」

一臉不高興。

話說回來，除了這個表情之外，她也不知道該做何反應。逢坂撿起球。

「哇！逢坂同學！對不起，妳生氣了嗎？真的很對不起，我們不是故意的！」

因為同樣是女生所以比較容易溝通嗎？木原微笑的臉上完全看不到男同學那種害怕的表情。「丟過來！」木原揮著手，緊接著她發現自己的鞋帶掉了，連忙當場蹲下去綁鞋帶。

取而代之呼喚逢坂名字的人是——

「喂——逢坂！不好意思，把球傳給我！」

眼鏡閃閃發光的好學生——北村祐作是也。不愧是北村，不過說起來他對每個女孩子都是同樣態度，也就是所謂「單純」吧！

嘰！逢坂突然停止動作，就像引擎沒了油。從竜兒的位置看不見她的表情，不過她那扭轉過去的身子變得像板子一樣硬邦邦，這點倒是看得非～常清楚。

嘰嘰嘰……嘰嘰嘰，她那危險的動作似乎發出了嘰嘰的聲音，逢坂走了幾步——右手右腳、左手左腳，同手同腳地前進——等走到球附近，連一句「準備啦！」或是「要丟囉！」都沒說，她沉默地就把球投了出去。不，是扔，而且還是以不忍卒睹的生硬動作。

隨便脫手的球彈了幾下之後直直滾過去，接著——

「喔，謝啦☆！」

一點不差地滾進北村手裡。他擺出有點落伍的姿勢，將兩根手指比在額頭之上。順帶一提，他還把T恤的下襬塞進了超緊繃的運動褲裡，而運動褲褲腳鬆緊帶的部分則是緊緊束著

他的腳。

逢坂真的喜歡那種型的男孩子啊——望著兩人的竜兒心裡湧現最基本的問題，不過——

「逢、逢坂……？」

「……」

似乎真的喜歡那種類型男生的逢坂，就這樣停止了生命活動……看來是這樣啦！竜兒的呼喊也沒回應，毫不在乎地佇立在妨礙其他同學傳球練習的位置上，一動也不動。

叫了幾次後，竜兒決定放棄，他悄悄走近逢坂，不刺激她，不惹火她——

「……逢坂啊！」

「……」

輕輕拉住她的T恤袖子，一點一點慢慢拉著她往回走，沒想到逢坂竟然乖乖跟著走。就這樣，他成功地拉著她走回到剛剛練習傳球的位置上。窺視她沉默的臉——

「唔喔……！」

竜兒不禁後仰，逢坂大河居然正在微笑！不是很容易看得出來，不過走近看就能知道她正在笑。

像是吃飽的貓咪一般瞇成細線的眼睛，噗噗拍打著空氣的鼓鼓臉頰，嘴唇揪成了△的形狀，一直到脖子部份都變成桃子色——而其中最紅的是耳垂。如果仔細豎耳傾聽，應該只能

狗聽到發自腹部深處的喘息。

「嘿・嘿・嘿・嘿・嘿——」

……她笑了起來。

「喂、喂，妳……逢坂，妳怎麼了？」

「嘿……幹嘛啦！你才是怎麼了咧？幹嘛呆呆的？你也一起為我高興啊，狗就要有狗的樣子。」

「……為妳？高興？」

聽到這出乎意料的話，這回變成竜兒成了靜止國度的居民。到底要高興什麼……？逢坂雖在發脾氣，但心情看來仍舊是異常地好——雙手各捧著一邊馬尾，那傢伙開始旋轉起來了，輕輕飛舞……她在跳舞嗎？

可是，為什麼？為什麼變這樣？總覺得在這時間點似乎很難開口發問……手臂任由馬尾鞭打的竜兒皺著眉——

「喂……！喂喂，我到底要為了什麼高興？」

很直接的問題讓逢坂停了下來，抬起臉——「啥！」

「你在說什麼鬼話？我們兩個究竟為了什麼目標而前進，難道你忘了嗎？啊——啊，反正你是個徹頭徹尾的笨蛋就對了，你的腦容量到底有多少啊？啊？開什麼玩笑！我可不想陪你一直玩下去吶！看在我現在心情很好的分上，就告訴你吧！要聽嗎？要聽吧！北、北村同學剛剛和我練習傳球了！嘿嘿！」

最後又回到「嘿・嘿・嘿・嘿・嘿」……想了一會兒，竜兒終於開口：

「……什麼意思……？」

「什麼啦！你喔，真的是……狗有什麼資格抱怨——」

「……我不是在抱怨……而是妳高興的……恕我直言，妳高興的原因錯了吧？妳所謂的傳球練習……傳球給他，不就也只是剛剛那一次而已嗎？再說妳的目的真的是傳球練習嗎？應該是趁著練習時和他說說話，加深你們的交情才對吧？」

啊——

逢坂微笑的臉瞬間恢復成理性的尖銳面容。沒錯吧？竜兒順水推舟又繼續說：

「再說，剛剛那算什麼？妳和他的往來有『對話』嗎？妳一直都沒說話不是嗎？一副睡呆的模樣把球丟出去，然後他說了聲『謝啦☆』，這也叫對話？」

一手抱著球，一手不斷在額上反覆模仿北村剛才的蠢姿勢。結果——

「哼……！」

逢坂氣勢一轉，小手砰地揮下，把竜兒手中的球拍落地面。

被驚人氣勢打到的球反彈得老高，幾乎要碰到屋頂了。

「砰咚！」

跟著直接命中竜兒的腦門。逢坂接住反彈的球說：

「你說的也有道理……哦哦，原來你偶爾也會說出好話呀！那麼，作戰計畫繼續進行！」

逢坂一副了～不起的樣子擺起架子來，踹了踹跪在地上的竜兒，拉哩拉雜訓了他一頓後，便走向傳球練習的位置上。

「嘿！竜兒！」

「唔哇！」

超高速的胸前傳球。竜兒準備動作都還沒做好就直接接下……球比較像是直接撞上竜兒的胸口。

「……痛死了啦！」

竜兒不禁叫出聲。可是逢坂的眼睛炯炯有神地閃爍著危險的光芒，幹勁十足到近乎發狂的地步。球勁比剛才練習時還要強，逢坂身上彷彿燃起了火焰。看來剛才那一瞬間的邂逅與欣喜，點燃了逢坂的愛之火。接著，她又說出讓人頭痛的話來：

「喂，快點啊，繼續按照計畫進行，這次一定要成功。」

「……那個，我說……這個計畫……」

「你在說什麼鬼話？這計畫不是你想出來的嗎？練習時間快結束了啦！」

她說得都對，話是這麼說沒錯，可是……

竜兒悄悄斜眼瞄向北村的搭檔——實在下不了手！他搖搖頭，再怎麼樣「輕輕」用球砸，對方終究是女孩子，真的辦不到！乾脆就保持這樣直到練習時間結束吧，只是——

對了！

竜兒突然眼睛大睜。有了，就這樣子應付一下，撐到練習時間結束就好了！不用說逢坂一定會怒火狂燒，可是這也沒辦法呀，我又不是故意的——就用這兩句話搪塞過去吧！

「你這人渣，慢吞吞的在幹……啊啊，可惡……鼻子竟然在這種時候癢起來……」

好機會！竜兒以機關槍的速度連珠炮似的，對胡亂揉著鼻子的逢坂說：

「怎麼搞的？妳的臉色看來很糟喔！這麼說來，妳昨天晚上也連續打了好幾個噴嚏，該不會是得了鼻炎吧？還是感冒了？過敏？妳的鼻黏膜該不會被那個恐怖的廚房給破壞了吧？妳最後一次打掃是什麼時候啊？妳一定都沒在打掃吧！真是浪費那麼漂亮的地毯……對了，那片地毯，妳在哪裡買的啊？很棒耶，應該不是日本製造的吧？我也很想要那種地毯……」

「那種地毯？囉唆啦！你亂七八糟的到底在說什麼？我哪知道那種事啊……唔……鼻子……唔……啊啊，煩死了！那些事情一點也不重要，快點進行我們的計畫呀……唔唔～！」

不耐煩的逢坂拚命揉著鼻子，她已經快要爆發了！

「喂，丟過——來！嘿嘿嘿嘿！啪———速（pass）啦！」

逢坂低聲說，動來動去的雙手張得像蜘蛛女，眼裡寫著——如果你真的朝我扔過來的話，我絕不放過你！

不過剩下的時間差不多也只能夠再傳一回了——竜兒天真地計算著——再來回傳球一次吧！逢坂的鼻子又癢了嗎？臉扭得亂七八糟的……

「……唔、唔……呼……」

「ＯＫ！丟過去嘍，逢坂！」

竜兒這回丟得比較用力。

逢坂卻出奇不意地向後仰。

幾乎同一時刻——

「哈啾！」

「啊————！」

出事了！

響徹體育館的，是打噴嚏的聲音和竜兒的慘叫……我不是故意的！我發誓，我不是故意的！

可是，不幸的事情發生了……胸前傳球正好傳到在打噴嚏的逢坂臉上，不偏不倚砸中她的臉。逢坂就這麼直挺挺的向後倒下去，只剩下球獨自砰砰砰砰滾了出去。實在發生得太突

然了，竜兒呆立原地，幾秒後總算回過神來：

「對——對不起！妳沒事吧？唔喔！」

竜兒連忙衝上前去扶起逢坂，結果他嚇了一大跳。糟糕了，她、她已經暈過去而且開始流鼻血……不知道為什麼，他的腦海裡浮現今天早上小鸚還有泰子的樣子。那些傢伙全都以怪異的姿勢倒在地上，然後現在逢坂也是。難不成早上那些事是現在這事件的預兆嗎……？自己現在為什麼會想起這種沒意義的事情啊！

「怎麼回事，高須？誰受傷了？逢坂嗎！」

老師和身為班長的北村一起跑了過來。一瞬間——就趁這個機會讓北村照顧逢坂吧！竜兒突然想到這個點子，再低頭看看懷裡的逢坂——

「……不行！」

這張臉有問題，不能讓北村看到這張臉！頓時間罪惡感轉變成力量，竜兒抬起逢坂：

「這、這下不得了了！我會負起責任送她去保健室！」

在眾人的嘈雜聲中，竜兒將逢坂的臉壓近自己的身體藏好，火速奔往保健室，留下在當場喧鬧不休的興奮男子們：「掌中老虎被外行的高須做掉了！」、「真是教人不得不注意的新發展啊！」

真沒想到只有大致的方向是遵循一開始的計畫——除了大致方向以外，所有發生的事情都沒有按照計畫進行。

高須竜兒開始認真起來，主要就是因為這次事件的關係。

不是故意的，話雖如此……對方是掌中老虎，話雖如此……我讓她昏倒還流鼻血了……逢坂的報復或許很可怕，可是良心的苛責對竜兒來說更可怕。

所以當午休時間逢坂沒事回到教室時——

「逢坂！雖然有點突然，要不要和我們一起吃便當？我想好好為體育課時所發生的事情道歉，沒問題吧？北村和櫛枝也一起來吧。」

就是如此，竜兒展開了「一起吃午飯大作戰」前置作業。總是和北村一起吃飯的竜兒若無其事地出面邀請總是和実乃梨一起吃飯的逢坂，這麼一來逢坂就可以幸福快樂地和北村共進午餐，而竜兒也能夠和実乃梨共享幸福午餐。真是毫無破綻的計畫呀！

什麼也不知情的北村毫不猶豫地舉起一隻手，附和道：

「喔喔，當然好啊！這真是新鮮的組合啊！那麼我們把桌子圍成一圈可以嗎？櫛枝&逢坂？」

「好啊、好啊！一起吃一起吃！喂，大河，過來啊，高須同學找我們一起吃飯喲！說要為體育課的事情跟妳賠罪……喂——喂——別待在角落啦！」

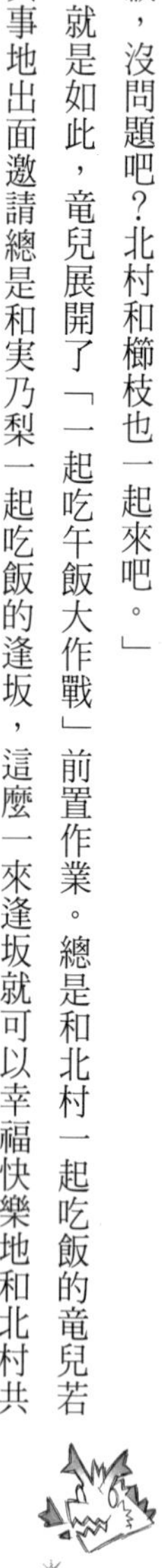

実乃梨拉著逢坂來到竜兒面前。胸前抱著竜兒手工製作的便當袋，逢坂不知為何沉默不語。竜兒可以看到在她莫名僵硬住的臉頰上，浮現出「緊張」兩字。這傢伙沒問題吧？一絲不安略過心頭，但是另外兩個人在一旁——

「桌子不需要四個吧，一張桌子兩個人用就可以了。」

喀答喀答移動桌子時，北村大膽說出這番話。也對，実乃梨說完之後——

「那我要坐這邊！」

咚，坐在其中一張椅子上。啊，竜兒看向她時「那我坐這邊！」北村已經搶下另外一張桌子了。

実乃梨的隔壁——

北村的隔壁——

不用說，竜兒想選的位置只有一個，那就是実乃梨的隔壁。那是可以兩個人共用一張桌子，還能夠貼得很近的好位置。可是実乃梨拍拍自己身旁的位置，張開了口，她接下來打算要說的是——大河，這邊這邊！

哪能讓她那麼做！竜兒兩眼閃著銳利的光芒；不過話說回來，他還是沒有直奔実乃梨隔壁位置的勇氣，於是——

「哎呀，我腳滑了！」

竜兒假裝跌倒，出其不意的撞向逢坂背後。

「唔！」

逢坂似乎也了解竜兒的意圖，順勢打算把小小的身子往北村身旁的位置伸展過去。她想要以臀部漂亮著陸在那個位子上，於是使出絕妙的平衡感嘗試修正降落軌道。沒錯，很好！竜兒緊握著拳頭，可是撞擊的力道似乎有點過大，逢坂的努力全都白費，還沒坐到位置上而快要跌倒在地——

「還沒還沒！」

——怎麼可能就這麼讓她摔在地上！竜兒拚命地抓住逢坂的手，順勢踏出步伐，簡直就像是舞蹈比賽中的雙人組那般旋轉逢坂的身體，讓她轉個身，精準地坐到北村身旁的座位。只是用力過猛，讓逢坂的椅子差點翻了過去——

「咻！」

喀！逢坂雙腿大剌剌張開，雙手用力抓住書桌，靠著臂力僵持住。當椅子的四隻腳平安著地的同時——

「……哈……」

竜兒也很自然地放鬆心情，接著累到不行地在実乃梨身旁的位置坐下。會不會做得太過火了？竜兒回過神來抬起臉。

「怎——麼了，逢坂？那麼用力搖桌子的話，茶會倒出來哦！真是活潑呀！」

「今天的便當菜是♪今天的便當菜是♪今天的便當菜是什麼呢♪……啊，是炸雞塊！一起來！『炸雞塊——』」

北村和実乃梨依然延續一貫的自我風格，很開心的模樣。開始吵鬧的反而是班上的其他同學：「剛剛掌中老虎和高須真是厲害呀！」、「有夠厲害的！」……等等，開始議論紛紛了起來。

可是這些戲言完全沒傳進逢坂耳裡。該怎麼說，她非常地——

「…………………」

準備妥當。沒有打開便當蓋的打算，無表情的臉僵硬得不得了，手擺在便當盒邊緣，只有眼睛閃爍著危險的光芒。要連話都沒有辦法好好說的逢坂，突然坐在北村身旁吃便當，會不會進展太快了呢？

可是離她極近的北村開口：

「哦哦，逢坂也帶便當啊，媽媽做的嗎？還是自己做的？」

北村毫無多想地即興問道。竜兒緊握著筷子，情不自禁屏息以待。加油啊，逢坂，都到這個地步了，別逃避！趁著這個機會和他多聊聊，若無其事地和他變熟啊！這時——

「……嗯？我？」表情陶然沉醉的逢坂，毫不遲疑地將筷子指向問題的答案，也就是竜兒的臉。啊啊——竜兒眼神飄邈——這麼說起來……做那個便當的人……的確是我……

「咦？高須？做便當的人是高須？」

可是……不要說出來應該比較好吧……？不，問題的重點不是在於說不說……

「哇！」

竜兒不禁慘叫了起來。「怎麼了？」北村看向他，実乃梨只是專注盯著炸雞塊。竜兒噤聲僵硬在當場，他為自己的愚蠢呆然。對了，幫逢坂作便當的人，不就是自己嗎！而且我們兩人的便當內容還一模一樣。讓北村和実乃梨看到，他們會怎麼想？

顫抖的手緊壓住自己還沒打開的便當蓋子。這下該怎麼辦才好？竜兒斜眼偷瞄逢坂……慘了，她現在完全因為北村而呆掉了，表情就好像什麼都不想的動物。是否要打開菜色簡單的便當？逢坂視線轉啊轉的不知所措，手上的筷子仍舊指著竜兒。

「高須？你怎麼了？臉色怎麼這麼難看？」

「很、很難看嗎？」

有了！就順勢表示自己身體不舒服，然後帶著便當趕快逃走吧——老天爺的聲音猶如一陣閃電畫過腦袋。正打算站起身的那一刻——

「嗯？有人找我？」

北村的視線突然越過竜兒看向他身後的遠處，竜兒也跟著回過頭。逢坂筷子指著的前方

——也就是竜兒腦袋的另一側，一個一年級男學生出聲喊道：「北村學長！櫛枝學姊！」

「那不是一年級的總務嗎？」

実乃梨也注意到了，催促著北村一起離開座位。三個人站著談了好一陣子後，他們兩人又回到座位上。

「抱歉！我們現在有點事情得去處理！」

「對不起哦，等一下要開社團緊急會議，學弟通知要我們帶著便當火速到社團教室集合！大河，高須同學，我們先走一步嘍～！下次再找我們一起吃飯！」

那兩人慌慌張張抱著剛打開的便當，邊道歉邊往教室外頭離去。

這發展也太突然了，竜兒的腦袋還來不及跟上，只能呆呆目送兩人的背影離去，直到看不見了，他才回過神來。

「喂！他們走——」

轉頭看向逢坂。

「喔！」

竜兒更心慌意亂了。逢坂大河心情低落，臉俯在便當上，雙手遮著臉，筋疲力盡地垂著頭——原本小小的肩膀變得更小了，悲慘地將背縮得圓圓的。

「逢、逢坂……」

發現她嘴裡好像在碎碎唸著什麼，於是竜兒豎起耳朵注意聽，聽到了逢坂像在唸頌咒語般不斷說著：「為什麼？這麼難得的機會！運氣太差了！真倒楣！為什麼？我不懂，這樣子……」一連串沒有對象的怨恨話語。看來她即使緊張得要命，仍舊很期盼在這個位子上能有什麼好事發生吧——真不知道要對她說些什麼。

可是又不能這樣放著她不管；

「……明、明天再邀他一起吃飯囉……總之先來吃便當吧！」

竜兒努力以開朗的語氣對逢坂說，可是——

「……明天？」

撥了撥頭髮抬起眼來的逢坂，眼裡充滿著殺氣：

「這麼說，你明天也要拿球砸我的臉囉……？」

「我哪有這麼說！」

斬釘截鐵地說完。唔！竜兒退縮了——逢坂瞪著自己的眼中泛著薄薄的淚光。不行！別哭啊！竜兒焦急著，但逢坂開了口：

「因為你今天不是藉口要跟我道歉，才邀了小実和北村同學嗎？如果沒有這個理由，有可能那麼自然地邀他們一起吃飯嗎？還是說，你有什麼其他企圖？我絕對不要那種很故意的方式哦！絕對不要！絕對……！」

「好、好了、好了，吶！快吃！」

逢坂邊說著睫毛邊開始濕了起來，竜兒突然用筷子夾起芋頭塞進她的嘴裡。切得有些大塊的芋頭，正好符合逢坂嘴巴的大小。沒有吐出來的理由，逢坂開始嚼嚼嚼吃起芋頭來。那拚命咀嚼的樣子，讓竜兒不安地開口問：「是不是太大塊了？」一會兒後，逢坂終於咕嚕地把芋頭吞下肚，然後──

「……嗚！」

「『汗』？……去除汙垢可是我最拿手的喔！」

「死笨狗！我剛剛差點要死了啦！」

逢坂咻咻咻一口氣吸著盒裝牛奶。滋滋滋滋……等她把喝乾的牛奶盒子放下時，眼淚已經乾了。

嘆了口氣，竜兒也開始吃起自己的便當。幸好剛才北村他們有客人來訪，要不然自己真的逃走，留下逢坂一個人不知道她又會做出什麼蠢事來。想到這裡，他開始覺得剛才真的是太幸運了。

「啊！……竜兒──」

竜兒自顧自地贊成自己的想法，嗯嗯地點著頭，嘴裡一邊嚼著食物。

原本心情不好而沉默著的逢坂，突然抬起頭來盯著竜兒看。

「幹嘛啦？」

「……便當裡面，沒有肉……」

「有什麼辦法？我家又不是那種冰箱裡隨時都有肉的家庭，想吃肉就去當那種家庭的小孩呀！」

然後兩人總算靜下來默默地吃便當。

看著這兩個人的周遭同學們小聲說著：「這是怎麼回事啊？」、「為什麼會這樣？」這兩人的組合實在是太勁爆了，可是沒有一個人敢親口詢問他們本人。

詭異的空氣在二年C班的教室裡流動——這一天終於要結束了。

此刻的竜兒與逢坂誰也沒注意到教室裡的詭異氣氛。體育課時，午休時，經歷二次痛苦的失敗。不能再放過今天最後一次機會了！就算成果再小也沒關係，希望至少能夠在北村的心裡留下一點點什麼。

所以說——

「……妳做好心理準備了嗎？逢坂！」

「……」

「逢、逢坂，呼吸，記得要呼吸！」

「……噗哈！」

放學的課外活動開始前——

吵吵鬧鬧靜不下來的教室一角，逢坂一臉認真的表情，連她身旁的竜兒也是一臉認真。該怎麼說呢？因為罪惡感如同鎖鏈般緊緊鎖住全身。

「我開始緊張了……做這種事情，不會造成別人困擾嗎？」

「都已經這種時候了還說這種話！放心！很少有男孩子拿到女孩子親手做的餅乾會不高興的。再說北村很喜歡甜點，不是不吃親手製作東西的類型，而且他看來也不討厭妳……」

「這、這樣嗎？」

嗯！竜兒點點頭，讓逢坂僵硬的表情稍稍放鬆了一點。那雙小小的手上正小心翼翼地握著下午料理實習課時親手作的餅乾。

那堂課是男生女生一起上的，因此不會有「女生送男生禮物」的感覺。不過還是有男同學想要拿到女生多烤而剩下的餅乾；也有女同學會擅自製作特製餅乾，想要送給男朋友。

逢坂也在不讓其他人看到的情況下，偷偷地（主要是以竜兒的身體為遮擋）花了工夫做出雙色格子花樣的餅乾。於是，他們想出了很自然地把餅乾交給北村的計畫，叫做「多烤的，你要不要？」大作戰。如此也可以提昇他對逢坂的好感。然而，意外發生了！偷偷多烤的十片餅乾中，有六片烤成焦黑……全都是因為這隻超失敗的笨老虎看錯烤箱刻度！順帶一

提，為了湮滅證據，那些黑色的烤焦餅乾全都進了竜兒嘴裡。

平安無事存活下來的，只有四片——逢坂大河，就靠這四片決勝負了！表情緊張地抱著餅乾包裝，逢坂緊握著拳頭。從超出她三十公分的位置往下看她那副樣子——那副緊張模樣似乎又會引發什麼災難——竜兒心裡浮現不好的預感。

「嗯、吶！聽好，別太使勁，盡可能若無其事就好了！也別突然緊張……」

「我知道了，輕鬆點對吧！嗯，輕鬆……放輕鬆……」

手放鬆……屁股放鬆……逢坂小小的身體繼續放鬆——

「好了——！各位請入座。課外活動要開始了！」

班導的聲音讓逢坂嚇得跳起來。混在三三兩兩走回自己座位上的同學中，一百四十五公分的生物搖搖晃晃地走在桌子間的走道上。

放學回家的招呼一說完，就要立刻把北村叫住——這是竜兒對逢坂下達的命令。忙碌的北村在每天放學後得先去學生會辦公室露個臉，處理完工作之後，還要參加社團活動。要是慢吞吞的發呆，他馬上就離開教室不見嘍！

所以課外活動一結束，必須以最快的速度出聲叫住他。然而——

「……喂喂、喂喂喂喂……」

瞄，竜兒斜眼偷看逢坂的模樣，不禁嘆起氣來。

雖然可以想像她現在很緊張，可是緊張程度遠超過預期。逢坂緊貼著桌子，像肚子痛似的弓著背，腳喀答喀答猛烈搖著，可愛的臉則一片慘白，臉上的表情猶如妖魔鬼怪。

「哎呀呀……今天教室裡飄著一股甜甜的味道呢！這味道是——麵粉、砂糖、奶油……啊啊，對了，今天的料理實習課是作餅乾吧。老師我也很～喜歡做餅乾哦！呵呵呵，好懷念喔……還記得以前在英國留學時和接待家庭的家人一起做餅乾……」

「嘖！」

似乎打算繼續延續那無聊話題的班導（戀窪百合，獨身，29歲）的腦中彷彿有一片花田。緊張與煩躁情緒交雜的逢坂因而狠狠嘖了一聲。嚇了一跳，顫抖著內八字腿的班導（戀窪百合，獨身，再二個月就進入30歲）戰戰兢兢地低頭看向逢坂——

「……不、不可以對老師發出這種聲音喲……」

這是教育指導。坐在逢坂四面八方的同學們早就怕得發抖了，她仍舊很有骨氣地開口。

但——

「……嘖！」

「……那、那個……女孩子發出那種聲音，不太好喔……」

「……嘖！」

「……啊啊，我的話無法傳達到學生心裡……」

結果演變成她雙手掩面，開始哭了起來。早知如此，一開始閉嘴不就好了嗎！偏偏要去碰自己能力所不及的事情，這八成是她依然單身的原因吧！

「老師！」

喀答。椅子發出聲響，站起身的是北村。

「看來似乎沒那麼快結束，那不如將這件事情交給身為班長的我來處理好如何呢？還有同學下課後有事情，我認為這件事等到明天早上再來慢慢討論會比較妥當！」

他主要想說的是：我很忙，可不可以快點結束課外活動！可是獨身女（戀窪百合，班導，沒有男朋友的資歷已經七年）卻抽噎著偏頭說道：

「……老師聽不懂北村同學在說什麼……」

完全無法溝通，竜兒不禁也想昏倒了。不過對方可是丸尾班長——北村啊！他大力叉開雙腿站著，對班上同學說：

「……明天有美術課，請大家別忘了帶上課的東西！起立！敬禮！老～師～再～見！」

「老～師～再～見！」全體跟著覆誦。回家回家！課外活動時間就這樣被大家任意結束掉了。獨身女（略）也邊打著小噴嚏邊說：「我果然不適合這個工作。」很乾脆地走出了教室。

「逢、逢坂——」

竜兒站起身，尋找逢坂的身影。逢坂也快速起身，這時——

「啊哇！」

自己的書包桌子從桌子上掉了下來，她開始驚慌失措。這傢伙真夠笨手笨腳的！北村呢？竜兒眼睛四下張望著。

「啊啊，已經這時間了……又要被會長罵了。」

他迅速地拿起自己的書包，早一步朝教室門口跑去。糟了！如果沒在他進入學生會辦公室前攔住他，接下來就沒有機會和北村獨處了。竜兒慌慌張張跑向逢坂——

「別管書包了，快點叫住他呀！」

「啊，嗯……北、北——北……」

搞什麼啊！竜兒搔著頭。逢坂站起身，朝北村的背伸出了手，卻遲遲叫不出他的名字。像是中了魔法而忘記「北村同學」這四個字一般，逢坂只是一臉快哭出來的表情，嘴巴一張一合一張一合。

「真是的！他走掉了！我們快追！」

「啊——嗯！」

用力拍拍逢坂小小的身體，她飛也似的跑了起來，竜兒也大步伐一起追了出去。這個笨手笨腳的傢伙，若是讓她一個人追上去，不知道又會幹出什麼蠢事來。

胸前抱著包好的餅乾，逢坂與竜兒奔離教室追著走掉的北村。走廊的那端，一瞬間看到了目標背影彎過轉角。

「在那邊！追！」

來到樓梯口，與其他學生逆向而行，逢坂加快速度。想要突破放學時間的人潮是件相當困難的事情，但是——

「別擋路！閃開！」

逢坂只說了這麼短短一句凶暴的話。「唔哇！是掌中老虎！」、「大家快讓開！很危險哦！」她前面站著的傢伙們立刻像摩西面前的紅海般往左右退開。逢坂通過後，原本分開的人潮又合了起來——

「抱歉！借我過一下！」

竜兒很普通地說，「唔哇！是高須！」、「兩大頭目接連通過！」……再一次引發摩西現象。看來高須其實並非不良少年的這件事，還沒傳到C班之外學生的耳朵裡。瞬間心情低落而停下腳步的他，想起現在不是做這種事的時候，趕忙又開始追起逢坂。

可是瞬間的遲疑，已經失去了北村的蹤影，視線所及只看到跑上樓梯的逢坂頭髮。北村和逢坂的腳力都不是蓋的，一般人竜兒喘著氣全力奔上樓，一次踩兩階地追上去……

但他突然想到，不用追上他們兩個也沒關係呀，只要逢坂可以順利叫住北村，而我也只

要確定她做到這一點就可以了嘛！

「……哈、哈啊……」

竜兒壓著快爆掉的心臟大大吸口氣，停住原本打算繼續追上去的腳步，接著若無其事的往樓梯上方看去——真是太巧了，他不禁大叫了起來：

「啊哇啊啊啊啊啊——！」

正準備踏上最上面一階樓梯的逢坂一個腳滑，順勢飛了出去，摔下來的瞬間畫面正好飛進竜兒的視網膜裡。

慘叫，接著火災現場的蠻力就此覺醒。

竜兒以不可能的速度「飛了起來」。

「……！」

簡直可以媲美外野手跳躍接球的動作——跳到樓梯間平台的竜兒，奇蹟般的將逢坂的身體漂亮接進手臂裡。只是衝擊力道過大，竜兒就這樣抱著那小小的身體，直接以背部撞向後頭的牆壁。咕！他發出漫畫般的聲音，劇烈的疼痛讓竜兒瞪大了眼睛。就在視線所及處，正好看到熟悉的小袋子順勢從逢坂手裡飛出去，在空中畫出弧線，然後從窗子掉到窗外去。

這裡是三樓——

掉出去的東西，是辛辛苦苦烤出來的四片餅乾。

啊！摔倒的逢坂發出叫聲，朝窗子伸出手來。可惜已經太遲了，它老早就掉下去了。

「逢……」

逢坂……竜兒注意到自己想開口卻發不出聲音，撞到背的關係讓他沒辦法順暢呼吸。

「竜兒！」

身後的聲音雖小，但逢坂還是注意到了。臉色都變了的她緊緊挨著竜兒，說不出半句話來，緊鎖著眉，表情就好像是吃到有毒的東西般瞬間凍結。

沒什麼大礙——似乎可以好好呼吸了，於是竜兒向她擺擺手，表示自己沒事，逢坂不需要擺出那種表情。

最重要的是餅乾，還有北村。竜兒來回指著窗戶和樓梯——

「……追……追上去，把餅乾、撿起來……」

竜兒好不容易擠出聲音，然後推推逢坂的身體。這其中有著竜兒的堅持——那是妳辛辛苦苦才烤好的餅乾，就連在一旁幫忙的我，都希望餅乾能夠好好送到北村手上。

逢坂那麼努力的心情，希望能夠好好傳達給心儀的對象知道。

可是逢坂根本沒有望向竜兒所指的方向——

「竜兒，你沒事吧！……啊啊，怎麼會這樣……」

她拚命摸著竜兒的脖子和腳踝，確認有沒有骨折。暴力分子掌中老虎也會在意竜兒為了

保護自己而受傷。背後的疼痛讓竜兒覺得，可以的話，真希望能夠繼續坐下去，可是——

「沒事。所以……吶，妳看，我沒受傷。」

竜兒勉強擺出沒事的表情，站起身來做伸展運動給逢坂看。好在除了背後之外其他部位都不會痛，疼痛的背也不至於動不了，看來似乎真的沒受傷。看到這副樣子，逢坂總算鬆了口氣：

「竜兒……我、我……」

她向竜兒伸出雙手，臉上是竜兒第一次看到的表情，正要開口說什麼——

「喂！是誰？剛剛從窗子丟東西出來的學生，給我下來！」

唔！兩人噤聲。那是超凶的訓導主任的聲音。事情演變成這樣，已經沒空管把餅乾交給北村的事了。

「……有夠倒楣的。沒辦法，妳趕快去讓他罵一罵，趕快回來，我在教室等妳。」

「……可是……那我先送竜兒回教室吧！」

「不用啦，我可以自己走。妳快點去吧，不要把事情鬧大了。」

快去、快去，竜兒推著她的背，逢坂皺著眉頻頻回頭看竜兒，最後總算走下樓去。

這期間老師的聲音愈來愈凶悍，逢坂得加快腳步才行——有哪個傢伙能夠教導這個天下第一的掌中老虎嗎？這我就不清楚了。

「……哈啊……我用掉了……」

終於只剩下他一個人了，竜兒一邊緩步走著一邊小小聲地說。

他想起小學時泰子所說的話。泰子說她自己是所謂的「微～超能力者」，在死前共有三次機會能夠施展瞬間移動的能力。第一次還是小孩子的時候，有一次遇到交通意外而飛出二十公尺遠，就在即將狠狠撞上地面時，因為瞬間移動的關係才沒受傷。接著第二次，是為了生竜兒而離家出走，前往那個腹部塞著雜誌的心愛男人家裡去的時候。這件事情泰子雖沒有多說什麼，只知道最後也多虧瞬間移動的奇蹟力量才能平安無事抵達那個男人身邊。

然而，最後一次瞬間移動的力量，她說：「就給小竜吧！泰泰已經沒有什麼事情需要使出那個力量了。」說完就啪地拍了當時還是小孩的竜兒一下，把力量傳過給他。泰子還說，如果遇上什麼危險的事情，一定要使出這個力量，平安回到泰泰身邊哦！

結果竜兒將唯一的力量，用來幫助逢坂。快要遲到時，或是過去好幾次都想要使用——幸好我一直沒用！

雖然這麼做對泰子很不好意思，但是竜兒很單純地這麼想。

＊＊＊

「你真的沒事嗎？」

「就說是真的了。這段對話我們已經重複一百遍了吧！」

「那就好，雖然你只是我的狗，但如果讓你受了重傷，還是會害我睡不好……」

逢坂小聲說著，額頭靠在窗戶玻璃上。帶著木刀殺進我家的人還敢說這種話——本來是想這麼回她的，可是竜兒不知道為什麼，還是沒說出口。

撿起餅乾回到教室之後，逢坂的聲音變得很沒力，似乎是陷入意志消沉的狀態。

寂靜的放學後教室裡沒有其他學生，只有逢坂和竜兒兩人。掌中老虎的這個側臉，除了竜兒之外沒有其他人看過。

「……老是失敗，一點也不順利……」

自言自語的聲音裡，已經沒有中午時的活力。

「作戰計畫才開始第一天而已，哪有可能那麼順利！」

「……是這個原因嗎？如果我不要笨手笨腳，能夠更精明一點的話……甚至，連你都遭殃了，根本沒一件事情順利的不是嗎？……我受夠了……」

逢坂背對著窗戶，順勢就這麼滑向地面蹲了下去。在竜兒站著的腳旁，逢坂抱住自己小小的膝蓋坐在地上。

她用手指繞著長髮，想要隱藏自己的表情而把臉埋進頭髮裡：

「過去十七年來，我一點都沒自覺……可是現在我懂了，終於知道自己有多笨拙……」

「嗯，大概吧……」

「你就明白地說出來啊——！」

孩子般的小手扯扯竜兒的褲腳。

「你也是……竜兒你也是這麼認為吧？覺得我真的是個笨手笨腳的傢伙、覺得我無藥可救對吧？」

低頭向下看，正好和抬頭往上看的逢坂四目相對。臉頰靠在抱著的膝蓋上，薄薄的眼瞼因悲傷而顫抖著。

平日的攻擊模樣完全不見了，取而代之的是眼中滿溢的——八成是因為自我厭惡的關係——奔流。

「……體育課時是我的錯，再加上作戰計畫本身就不夠完善……」

「不光是那些，還有我的失敗……」

疲倦地閉上眼睛，逢坂似乎正在回想今天這亂七八糟的一天。

第三節的體育課、運氣不好的午休時間、然後還有剛剛的大失敗……

一知道丟出那包餅乾的人是逢坂，訓導主任大概馬上就知道不可能教導她什麼，所以很快就放逢坂回到竜兒等待的教室。

沒惹出什麼大問題真是萬幸，不過——

「……枉費我特地做了餅乾……而且……唉……」

碎碎唸的逢坂下巴上，有個竜兒救她時刮到袖口鈕釦而弄出的小擦傷。她輕輕摸著那個傷口，一邊從口袋裡拿出撿回來的那包餅乾——袋子裡僅剩下幾片沒飛出去的餅乾碎片。

「寫了情書卻放錯書包、要打人卻先餓昏、打籃球臉被球砸到，找他共進午餐對方卻有事要忙、烤餅乾卻烤焦、摔倒、掉落、飛出去，而且……還變成這樣……這真的是……」

「還漏了一件哦……忘記把情書放進信封裡！」

「你說的沒錯……」

竜兒只是想開開玩笑，不過表達的方式好像不太對，陷入悲傷之中的逢坂把頭塞進膝蓋間，就這樣不發一語。

「逢、逢坂……」

沒有回應。

以怪異的坐姿縮得圓圓小小的，就像是決定要躲進殼裡的蝸牛，逢坂就這樣一動也不動，抱著裙子包裹的膝蓋，只有纖細的手指微微顫抖。隨著每次的呼吸起伏，原本披在瘦弱的肩膀上的柔軟頭髮也跟著一根根垂落。

雖然現在不是時候，但是竜兒仍這麼覺得——

女孩子真是狡猾。

平常不論舉動多麼旁若無人、給別人帶來多少困擾，只要擺出這副樣子，就會讓男人心疼得不得了。

這個樣子，教人按耐不住。

非常非常，難以壓抑。

於是竜兒搔搔頭，目光變得犀利，先回到自己的座位上，接著又來到逢坂身旁，和她採取同樣坐姿坐下。

「……逢坂，交換吧！」

「……？」

竜兒戳戳她的肩膀讓她抬起頭來，裝做沒看見她眼角隱約的淚水，把充滿男人味，用鋁箔紙包起來的餅乾擺在她腿上，接著拿過逢坂抱著的餅乾袋子。

竜兒輕輕打開已經破掉的包裝袋，裡頭的餅乾真的只剩下些碎片，不過還是只有一小撮的量。

「咦，等……竜兒，那剛剛掉在地上哦，而、而且、那個——」

「因為我剛剛只吃到烤焦的餅乾，很好奇究竟味道如何！」

生硬地說完，不理會逢坂的視線，就伸出手指抓住餅乾碎片放進嘴裡。接著——

「……」

無言。

之前在吃下烤焦的餅乾時，因為剛出爐的燙、烤焦的苦、以及在逢坂的強迫下差點被噎到……最後幾乎都是「噗哈！」一下全吐了出來……所以說這次才是竜兒第一次品嚐逢坂手製餅乾的味道……只是，她大概是……把砂糖和鹽巴搞錯了……

「餅乾……好、好吃嗎？」

「——嗯！好吃！」

逢坂不安地眼睛睜得很大。

「嗯，做的很好吃呢！啊——太可惜了，沒辦法交給北村。下次再加油吧！」

竜兒靠著遺傳的撲克臉順利瞞混過去，然後催促逢坂吃吃看自己給她的餅乾。逢坂戰戰兢兢打開餅乾包裝後，再度驚訝地轉頭看向竜兒：

「哇！好厲害，好完美的餅乾。我真的可以吃嗎？」

「本來想帶回去給我老媽的，不過無所謂，妳就全部吃掉吧。」

烤得薄薄的餅乾，那是表面灑了粗砂糖，奶油稍微多一點的特製版。逢坂盯著手上那片完美的餅乾看了一會兒——

「……好吃！超好吃！」

一放入嘴裡，她的眼睛就變大了。

「……這還是我第一次從妳嘴裡聽到好吃兩個字。」

「這實在太棒了，比店裡賣的還要好吃好幾倍！」

「根據我的經驗，烤點心類的東西，自己做的會比店裡買的好吃。當然這是個人喜好的問題，不過對於喜歡點心剛烤好時那種柔軟感覺的人來說，自己做會比較好。」

「這樣啊……嗯……我……喜歡這個，超喜歡的！」

專注吃著餅乾的逢坂側臉，看來就像是個普通女孩子。好吃好吃，兩頰塞得鼓鼓，舌頭一邊舔著嘴唇邊的粗砂糖：「如果有紅茶就更棒了！」她小小聲自言自語道。

——究竟有誰會知道呢？

除了我以外，究竟有誰會知道這樣的逢坂大河呢？

不可思議的心情。直到昨天為止，自己也和其他同學一樣害怕「掌中老虎」，不單是害怕被咬，也害怕與她的世界有任何交集。原來逢坂大河是這種人啊——對於這種事，當時的我完全不感興趣。

這種人——也就是脾氣暴躁的黑道老大女兒或空手道高手的女兒，把人家當狗的殘暴傢伙，在喜歡的男孩子面前時連對方的名字也喊不出口、笨手笨腳到叫人難以置信、然後因為羞愧於自己的笨拙而陷入低潮深淵、馬上就哭起來的傢伙——總是肚子餓、最喜歡好吃的東

西和甜食。

她是超級奇怪的女孩子——老是麻煩別人、讓別人傷透腦筋的傢伙。

可是竜兒並不討厭她的奇怪，他突然注意到這一點。幸好我認識了「這種人」——連這想法都出現在他心裡了。現在這一刻，讓人感到莫名愉快。

是的，雖然覺得麻煩，雖然感到困擾，可是她受傷的時候就想安慰她——有這種想法的話，那我對逢坂——

「……喂！竜兒，我知道了！」

——跳起來。

一回神，逢坂大河正以極近的距離窺視著竜兒的臉。雖然嬌小卻有著深深輪廓的工整容貌，大而透明的眼睛彷彿每眨一次就會灑出星星來，確實是一雙很美的眼睛。雖然身材嬌小，可是卻沒有娃娃臉……竜兒突然意識到這些地方，背脊一陣冷颼颼地像有什麼東西跑過去一樣。

咳！竜兒咳了一聲……

「……知、知道什麼？」

他莫名慌張的回問。然後——

「就是因為你沒有好好幫忙才會失敗！真的是一隻大笨狗！沒用的笨狗！」

「……」

啥！逢坂像外國人一樣聳聳肩擺擺手，輕蔑地瞥了竜兒一眼。這該怎麼說——看來她恢復精神了……這，搞啥啊！

竜兒真的生氣了，心想，怎麼會有這種人！不過，此刻的逢坂隱約露出了微笑……算了，這次就別回嘴，放過她吧！

算是特別優待喔！

＊＊＊

回家時稍微保持點距離，不過仍舊往同一個方向。

來到校門前，走在前面的逢坂停下腳步，從那個位置可以窺見樹叢間的運動場。

「怎麼了？」

「……壘球社。小実在那裡。」

逢坂的手指前方，在夕陽底下生氣蓬勃跑著步的正是実乃梨。有如在她身上打了聚光燈一般，瞬間竜兒眼裡只有実乃梨。

不過竜兒了解，逢坂的視線並非手指指著的方向，而是在另一頭做伸展運動那群男生裡面，一頭黑髮的北村。

停下腳步，逢坂靜靜地佇立在原地，她的側臉輪廓被橙色的夕陽染成金黃。微冷的風吹起，逢坂仍舊一動也不動。

看來她真的很喜歡，很喜歡北村祐作吧！

「——喂，我問妳……為什麼是北村呢？」

她因為竜兒突然的問題而回過頭，不過她沒有回答，只是眨了眨眼，以分辨不出顏色的澄亮眼睛看著竜兒的臉。然後——

「我先走一步，你繼續在這裡待一會兒吧？」

似乎是想岔開話題。不過那個問題她要不要回答都無所謂，就連竜兒也不知道自己為什麼要問。

「……妳要先走一步？什麼意思？」

「你也想用色色的眼神多看小実幾眼吧？要我幫你和她牽線這種愚蠢事情，勸你別指望，不過讓你多看她幾眼，這我還做得到！她長得很漂亮呢！所以我很了解你選擇小実的心情……我可沒那麼不通人情喔！今天晚上八點來我家做晚飯，就這樣！」

什麼叫「就這樣」？不對，什麼叫「來我家做晚餐」……不對，什麼叫「就這樣」……

逢坂不讓竜兒繼續多問下去，便轉身一個人邁步向前。緊接著——

「……唔哇！」

笨拙力量全開。被地面的高低差絆到而跌倒——手裡的書包整個飛出去，像小孩子一樣毫無防備的摔了一跤。

「啊——啊……妳在搞什麼啊？」

竜兒嘆了口氣走向她，把說著「囉唆！別管我！」的逢坂扶起來，幫她撿起書包，拍了拍她裙子上沾到的髒汙。這時，他注意到了，逢坂毫無防備的小小膝蓋上面有著無數舊傷痕……這傢伙一定常常在沒人看到的地方一個人跌倒吧。

這樣的傢伙叫我如何放下她一個人不管呢？——竜兒再次嘆氣。接著，抬起臉來，直視逢坂的臉：

「晚餐，妳要吃什麼？我跟妳一起吃可以吧？順便也做我老媽的分帶回家可以嗎？材料費是妳出吧？啊，我記得妳家冰箱空蕩蕩的，那樣子的話，什麼也不能做，得先去一趟超市才行……對了，還得買消滅廚房黴菌的除霉清潔劑和廚房清潔劑！」

沒辦法——竜兒心想。

就這樣吧！逢坂說。這是因為她沒辦法拒絕，經過昨天和今天就能夠了解，這傢伙固執、蠻橫、自卑又唯我獨尊，威脅對她來說根本不算什麼，決定要做的事情就一定做到，還有許多叫人擔心的不得了的地方。

所以……沒辦法放著她不管，沒辦法。

再說，逢坂家裡的歐式廚房裡還有很多令人在意的汙垢。

## 5

「喂，頭過去一點啦！擋到我的電視了！」

遮住竜兒大半視線的後腦勺頭也不回地開口：

「吵死了。你挪過去一點不就好了嗎？」

逢坂以淡然的口吻說出令人討厭的話。

「什麼？那是我家的電視吧！妳再說那種話，就給我滾回家去！反正妳家就在窗外！」

「……」

「不、准、無、視、我、的、存、在！」

竜兒的大聲嚷嚷總算讓逢坂稍微側過臉來，長長的睫毛底下水汪汪的眼球閃耀著光芒，射來一陣冰冷視線：

「我在看電視，你可不可以安靜點？唉～真是隻教不會的笨狗。」

「妳、妳這……！」

擾鄰這個詞從腦裡一閃而過，竜兒將身體探出矮桌，正打算伸出手指戳戳那位霸占電視機前面、號稱是竜兒主人的傢伙時──

「小～竜，不可以太吵哦～」

喀啦，拉開紙拉門現身的泰子溫柔規勸他。

「昨天呀，泰泰，被房東罵了說。她說我們家之前就很吵了，最近更是特別地吵哦～」

「啊，那是因為這傢伙……唔喔！妳怎麼沒穿衣服！」

竜兒的聲音讓逢坂也吃驚地轉過頭來，連小鸚都從鳥籠裡一臉驚訝地盯著泰子，三對視線直直望向泰子雪白的肌膚。不過泰子完全不在意──

「才～不是咧，這衣服就是這樣穿的呀～然後再從上面套上這一件～」

身穿幾近全裸的繩型連身洋裝扭著腰，泰子手上確實拿著一件超華麗的豹紋外套。

「……這衣服好猛啊！」

「嘿嘿，很可愛吧！大河妹妹覺得如何──？」

泰子嘿嘿、嘿嘿地搖晃著裙擺。表情絲毫沒變的逢坂目不轉睛地盯著看，竜兒不禁不自覺地屏住呼吸──

「──那邊！」

咻，逢坂小小的手指著泰子臀部的正中央。

「看得見內褲。」

「呀——！真的耶！」

小鸚立刻以間不容髮的速度，毫不猶豫地這麼說：

「不過這樣才棒！」

真是蠢斃了，哪有人會真的接受鳥的建議？在緊鎖眉頭的竜兒面前，老媽的表情豁然開朗——她真的接受了！泰子拉起裙襬，內褲整個露出來轉了一圈。

「那就穿這樣囉！上班去囉！」

滿臉笑容搖晃著豐滿的胸部，然後快速拿起一點一滴存下零用錢買的，唯一一個香奈兒包包，天真無邪地揮著手。

「那麼小竜、大河妹妹，泰泰出門嘍～」

「喔，自己小心點，別喝太多了，遇上奇怪的傢伙記得打手機！」

「好——！啊，大河妹妹，不可以太晚回家哦～！」

「好，慢走。」

——舊式的鐵門發出「唧——」的聲音，再度將高須家與外面的世界隔開。

重點，也就是，簡單說來——

「哈——啊，喝茶喝茶。」

「我也要，還要甜點。」

「甜點……？有什麼甜點嗎……妳這傢伙也別老是只知道吃，偶爾也帶點有用的東西過來啦！」

「……」

「都說了不准無視我的存在！」

高須竜兒與逢坂大河，如果注意一下，就可以發現他們兩人已經完全習慣對方的存在了——包括竜兒的家人在內。可是這也沒辦法，總之，兩人幾乎是一起生活的狀態。

早上為了不讓逢坂睡過頭，竜兒會去她住的大樓接她。帶著在家裡做好的便當，趁著她梳洗時準備簡單的早餐。

接著一起出門，在快遇到実乃梨之前保持距離，一路上以適當的距離上學去。

在學校，兩人為了取得北村的心而每天研究戰術，然後將計畫付諸實現——大致上都是以失敗收場。

下課後一起前往超市採購……一開始都在逢坂家裡做晚飯，但是他們馬上就遇到問題：如果只是竜兒和逢坂一起吃的話就沒問題，但是泰子的晚飯可就麻煩了。如果只做逢坂的分，回家後要再做一次，變成要做兩次晚餐，這樣子很麻煩；如果在逢坂家做好後帶回家也是可以，可是兩家之間還是有數公尺的距離，一樣非常麻煩。

既然如此，就在高須家做，三個人一起吃不就得了！最終就演變成現在這種狀況。現在想來，當時硬是要分成兩邊生活實在是很累人。逢坂家的廚房雖然變得亮晶晶很乾淨，可是卻出乎意料的難用，菜刀不利、盤子不夠，這些令人煩心的事情也是原因之一吧！

結果，泰子出乎意料地接納逢坂；逢坂也是，對泰子怪異的性格沒有過度好奇，只是很單純地一起吃晚餐，等到泰子要去上班的時候，就和竜兒一起揮手目送她離開。

一開始逢坂會在泰子上班的同時回家。但是後來就在聊著電視啦、漫畫啦、有點累、想睡、北村同學如何如何、櫛枝同學如何如何……等等的過程中，她在高須家滯留的時間漸漸變得愈來愈長……

「……啊！」

等到竜兒注意到時已經變成這種場面了。

用手擦了擦流出來的口水，慌慌張張出聲叫著矮桌另一邊的傢伙——

「喂，逢坂！起來！」

「……嗯……？」

兩人懶洋洋看著電視時，不知不覺就睡著了。竜兒穿著運動服，逢坂則是飄飄然的連身洋裝，兩人就這麼睡在榻榻米上——現在時刻是凌晨三點。

「不管怎麼說，睡在我家還是不太好吧！喂，快點起來，回自己家睡啦！」

「……嗯——」

也不知道她到底有沒有聽到，臉磨蹭著對折起來當枕頭的坐墊，逢坂透過衣服抓了抓肚子……這個傢伙！竜兒用力抽出她頭底下枕著的坐墊。

「唔……！嗯……」

後腦勺撞到榻榻米，逢坂的眉間瞬間皺了一下，接著腦袋像是在確認榻榻米的觸感般動了一下，挪了個舒服的位置之後，又再度安穩地打起呼來。

竜兒端坐在她身旁，偏著頭俯瞰她的睡臉——這是多麼親密的關係啊！難不成自己也到了能夠和女孩子自然相處的年紀了……不對，不是這樣！因為她不是普通女孩子，她可是掌中老虎。可是眼前這個女孩，看來像是那個凶暴咆哮的掌中老虎嗎？

桃色的臉頰上印了坐墊的痕跡，唇邊還留有睡前喝的熱牛奶印子，頭髮柔軟披散在榻榻米上，完全安心的睡臉上看不見一絲緊張感。

這傢伙明明是睡在男人家裡——

「……喂——逢坂……逢坂，快起來啦！」

寧靜。一片靜懿的2DK房間裡面只聽得到冰箱馬達隱約發出的聲響。距離黎明還早，離泰子回來還有一段時間，小鸚也安穩地以一張醜臉睡在罩布裡面。

「逢坂、大河！」

蓋著的睫毛在臉頰上落下長長的影子，仔細看細細的脖子，還可以看到脈搏跳動。竜兒打算再靠近耳朵一點把她叫醒，於是上半身俯身向前，就在這瞬間──僵！身體僵硬了起來。莫名的香味在竜兒鼻子繚繞，那是逢坂的味道。

「再不起來的話……我、我就要偷襲妳嘍……？」

──不是說真的。怎麼可能、怎麼可能，我怎麼可能會真的想對逢坂怎麼樣？再說我也有喜歡的對象（実乃梨……）根本沒想過要對她怎麼樣……我是說真的……是真的！

只是因為她太厚臉皮了，叫也叫不起來，我想嚇嚇她才這麼說的──只是因為這個原因而已，我只是想說些一出口就可以把她嚇醒的話而已。

然而她卻完全沒有任何反應。他注意到逢坂雪白的臉頰上有一根榻榻米露出的草線──那會扎到她的臉吧……只是這麼覺得，沒有其他邪念……只是很在意……純粹是好意……只是想幫她拿下來……咕，竜兒嚥了下口水，然後輕輕伸出手──

「砰咯！」

竜兒飛到房間一角。

「……嗯？你、在幹嘛啦……」

「沒……沒什麼……」

如果只是巧合，那也未免太巧了！逢坂一個翻身，手臂揮了過來。這傢伙強有力的一擊，冷不妨正好給了竜兒靠過來的下巴一記勾拳。

逢坂搔搔頭坐起身，皺著眉頭，帶著懷疑的眼神瞪著翻筋斗的竜兒。

「……奇怪了……你一個人在吵什麼？現在是半夜耶！等一下又惹房東生氣喔！」

「別、別管我！」

如果逢坂醒著的話，竜兒此刻應該早就死了，她連睡著時都那麼恐怖……

逢坂果然是掌中老虎。凶暴的ＤＮＡ散布在全身血液之中，不論對方是誰都會咬上去，充滿衝動攻擊性的女孩子。

即使已經很熟了，高須竜兒有時仍需要像這樣好好再確認一下。

＊＊＊

證言一：

「二年C班的春田浩次報告：我真的看到了，就在我結束社團活動後，打算邊吃零食邊回家，前往車站附近的超市時……那兩個絕對是高須和掌中老虎沒錯！高須拿著購物籃，正

在選購魚之類的東西，掌中老虎把肉擺進購物籃裡去，高須立刻生氣的說：『今天要煮紅燒魚吧！』又把肉放回架子上，然後兩人一起買了蔥和白蘿蔔。來到收銀台前，高須說：『從共用錢包拿一千圓出來。』掌中老虎就乖乖拿出錢包。他說共用錢包耶！該怎麼說？簡直就跟夫妻一樣？」

證言二：

「同樣是二年C班，木原麻耶報告：我看到的是，早上上學時的情形——我是騎腳踏車上學的——學校附近不是有一棟嶄新的超豪華大樓嗎？每次看著那裡，我心裡總會想，啊！真想住在這裡！結果卻看到高須同學從裡面走出來。我還在想，不會吧？他住這裡嗎？結果逢坂從後頭追著他跑出來，還一邊說著：『好想睡喔！』然後又說：『你要再早一點叫我起來啊！』騙人～！我忍不住繼續看了下去，高須同學跟著回過頭怒罵：『我已經叫妳好幾次了吧！』……這個是……這個是……是吧？」

證言三：

「呃，我是二年C班的能登久光。我和高須一年級時也同班，現在也常常混在一起。可是最近我想和高須一起回家時，他總是早一步不見蹤影，這情形不禁讓人懷疑到底是怎麼回

事？昨天我喜歡的樂團推出新歌，打算找他一起去唱片行，所以趁著午休時跟他說……結果……真的很奇怪喔，他跟我說：『等我一下！』然後說：『喂，逢坂，我今天不能跟妳一起回家，沒問題吧？』、『我會在八點過去。』……不禁讓人好奇，去哪裡？做什麼？看CD時，我問他剛剛是怎麼回事？結果他只說了句『別在意』……這鐵定有問題吧！」

證言四：

「二年C班，櫛枝実乃梨。算是大河的好朋友，可是……大河那傢伙，最近似乎有什麼事情瞞著我。我們每天早上會在一個地方會合再一起上學，可是，該怎麼說呢……高須同學，也會和她一起來呢……他都會走在稍微後面一點的地方，裝作一臉不知情的樣子。像這種情形就叫做『成雙成對』嗎？還是叫做『相約同行』呢？可是大河總是說：『只是剛好在那裡遇到的。』或是說『有嗎？我沒注意到耶！』嗯，雖然我很高興大河去年每三天裡，就有一天會睡過頭而遲到的習慣改掉了，可是……那種想要隱瞞什麼的感覺，讓人很不舒服。他們兩人到學校後也總是鬼鬼祟祟、偷偷摸摸的不曉得在搞什麼……咦？這種心情就叫做忌妒嗎？現在流行的「薔薇姊妹制度」該怎麼辦？紅薔薇和白薔薇又該怎麼辦？（註：「薔薇姊妹制度」與「紅薔薇」、「白薔薇」皆出自日本小說《瑪利亞的凝望》。故事敘述私立莉莉安女子學園，有一個名為「姊妹關係」的特殊制度。而私立莉莉安女子學園學生會，通稱「山百合會」，則由人稱紅、白、黃三薔薇的高年級生負責運作）……我到底在說什麼？啊啊，就連我也不知道自己在說什麼了啦～！」

——竜兒還是竜兒，他那凶惡的眼神，常使他被旁人誤會、誤傳八卦，但他已經習慣了。說得更精確一點，為了不想受傷，所以不放在心上也是他的自我防備本能。

——逢坂還是逢坂，因為暴戾的性格以及驚人的魄力，讓所有人都害怕她而與她保持距離，但她已經習慣了。反正她原本就不是會注意聽別人八卦的女孩子。基本上，她幾乎不對自己以外的其他人類感興趣（小実與北村除外）。

就因為這兩人都是「早已習慣受到矚目」的傢伙，所以根本沒注意到周圍的風吹草動。靜不下來的教室、交頭接耳的話語、向兩人瞄呀瞄的視線、果然如此的點頭。「……我看到了，他們從同一棟大樓走出來時……」、「前陣子他們兩人真的一起逛超市呢！」、「又在竊竊私語了……」、「啊！他們兩人消失了！」、「掌中老虎叫高須『竜兒』耶」、「高須也是，竟然可以很平常地叫她笨蛋！」、「而且還能沒出半點事……」、「便當的菜色又是一樣的！」

——高須竜兒與逢坂大河，該不會……

「啊！糟糕！」

嬌小掌中老虎的嘀咕，讓周圍傢伙的肩膀全都顫抖了一下。究竟發生什麼事了？捕食獵物失敗嗎？可是逢坂又是一臉沒什麼的樣子。

「喂！竜兒，我忘記跟你說了……」

噠噠噠噠，逢坂逕自走向竜兒靠窗的位置，對於周圍豎起耳朵的傢伙全沒放在心上。

「幹嘛？」

「昨天……」

逢坂的聲音愈來愈小……聽不到啦！狗仔隊們紛紛靠近。

「……我忘了跟你說……」

竜兒「嗯」了一聲抬起臉，聽著逢坂小小的聲音。逢坂以只有竜兒聽得見的聲音，小小聲不斷說著，全教室的耳朵都對著他們兩人的所在位置接收訊息。

「……今天晚上不回家……」

——嚇！坐在竜兒後面的傢伙聽到這句話，身體都僵住了，剛剛說了什麼？提出無法出聲的疑問，大家以紙條傳送著兩人的對話內容。剛剛說，今天晚上不回家哦！全班同學啞然。無視周遭的狀況，竜兒繼續說：

「……留下來過夜？」

「……嗯……」

「那……已經有心理準備了……」

「……嗯……」

騙人！騙人騙人！真的假的？小小聲的騷動蔓延全教室。喂，剛剛，該不會……該不會……他說留下來過夜……他說已經有心理準備……

「那也就是說，掌中老虎要在高須家過夜？」

嚥了幾下口水，長髮的春田小聲地說。

「他說已經有心理準備……也就是、也就是說……上床嗎？唔唔……好、好色喔……」

來到春田身邊，黑框眼鏡的能登也小聲發言。

唔哇——！有女孩子小聲叫著。有人說，這是全班公認的首次性經驗呢……木原麻耶滿臉通紅地表示：「我不認為他們是第一次！」男孩子中則有人痛苦地說：「其實我一直覺得掌中老虎很可愛……一直希望她不被任何人擁有……」說完，立刻也有其他人跟進。「我也是。去年跟她告白時她很乾脆地說，這樣的話，全天下的男人都去死一死吧……」陸續又出現新的證言。

全班一致轉頭看向竜兒與逢坂兩人，靜靜在那裡交換未來的模樣。逢坂面向著窗，誰也看不見她的表情，然後竜兒則是嚴肅地皺著眉，看來像是決定要和某人——大概是逢坂的父

親吧——對決的神情。

「櫛、櫛枝，看來妳的好朋友今天晚上要有大事發生了！」

櫛枝実乃梨不發一語。

「櫛枝？」

不管哪個女生拍拍她的背，或是用手肘頂頂她，她都毫無反應、靜靜凝視著兩人。

雖然很無聊，不過還是提一下吧，事實上是這樣的——

「昨天你媽媽不是沒吃飯就出門了嗎？那時候她要我告訴你：『我忘了跟你說，今天晚上不回家。』——因為老主顧生日，生日派對要辦到天亮。」

「泰子那傢伙要留在店裡？不會是『打算留下來過夜』吧？」

「『嗯』，她是那麼說的。」

「『那』傢伙果然『已經有心理準備了』吧！得一整晚聽著稻毛酒店老頭的蠢話，那個老頭去年才離婚。」

「她的確有說喔，她說『嗯，稻毛先生怎樣怎樣』……啊——啊，好無聊喔！別利用我來幫你們家傳話啦。」

「真那麼想，就別來我家吃飯啊！」

「……」

「就說了不准無視我的存在！」

＊＊＊

這是看來和平常沒兩樣的二年C班休息時間。高須竜兒在日曬良好的位子上翻著漫畫，逢坂大河則一副無聊的樣子並散發出「別管我」的氛圍，啾啾啾吸著盒裝牛奶。

可是有一個非常有勇氣的傢伙拍了拍逢坂的背：

「喂，大河……現在方便嗎？」

這個人正是櫛枝実乃梨。終於要有動作了嗎？——全班的視線都集中在面對掌中老虎的女性背上。

「幹嘛突然那麼鄭重？……等、小実？」

不同於以往的認真眼神，実乃梨抓起逢坂的後衣領，就這樣順勢將她自座位裡拖起來。

嬌小的逢坂說：

「妳、妳不用這麼做我也會自己走！要摔倒了啦！」

「過來就對了！」

能夠對掌中老虎做出這種舉動的，這個世界上恐怕只有実乃梨了。如果是其他傢伙，不到三秒鐘就會被逢坂咬死吧！在眾人屏息以待的環視下，実乃梨像在拖行李似的拖著背對自己的逢坂：

「……你這傢伙也過來吧！」

「……咦……？我、我？」

她的手指所指的人，正是高須竜兒。心裡雖然有些蕩漾——可是她說「你這傢伙」——竜兒臉頰悄緩，只不過沒有人有辦法用肉眼分辨出來就是了。

情勢告急的校舍屋頂上——雖然看不出來，但情況就是那樣。

天氣是平穩的大晴天。頭頂上的青空微風吹拂，甚是悠閒。

「小、小実……？」

「櫛枝……？」

被強迫來到這邊的竜兒與逢坂面前，櫛枝実乃梨背對他們倆人——唔喔喔喔……在醞釀著什麼不尋常的氣氛。不知道為什麼，她制服外頭還披了件運動外套隨風翻動，並喃喃自語著「太陽很乾燥……」之類的。

竜兒突然壓低聲音，對著三十公分下方的逢坂耳邊小聲說：

「喂……這到底是怎麼回事？」

「我也不知道啊……我也是第一次看到小実那個表情……她是不是在生什麼氣呢……？」

這時逢坂的臉色也變得稍微陰鬱，不安地偏著頭。不過還是下定決心，踏出一步——

「那、那個……小、小実……」

就在伸出手的瞬間，聲音突然停止了，全世界的功能似乎也瞬間停止了。轉過頭的実乃梨雙眼閃過一絲光芒，出其不意地在逢坂面前用力跳了起來。

唔！逢坂叫出聲來，立即雙臂相交護住身體。究竟發生什麼事了？実乃梨無聲地經過作好準備動作的逢坂身邊——

「高須同——————學！」

「唔喔！」

沙！実乃梨就這樣滑進距離竜兒眼前僅僅幾公分距離的位置，她以華麗的跳躍擺出下跪的姿勢。

飛舞的水泥砂塵、翻動的裙子與運動外套，然後是——

「我們大河就麻煩你了！請多多指——————教！」

劃過天際的慘叫……

「——咦？啊？……咦咦！」

実乃梨雙手伏地，身體貼近地面，將頭靠在手指尖上。在她面前的竜兒完全動彈不得。逢坂也是，嚇到連下巴都快掉了下來。

「高須同學，這孩子……大河，她是我最重要的好朋友，雖然有時候脾氣不好，可是她是個心地善良的女孩子！……請讓她、請讓她幸福……！」

嗚嗚嗚……逢坂只是看著実乃梨在哭泣，就這樣過了一秒……十秒……三十秒……

首先回過神來的是竜兒：

「櫛枝啊，妳、妳稍微等一下——那個、妳到底在說什麼——」

「請你別再這樣了！」

実乃梨認真的抬起頭來，嚴肅瞪著竜兒：

「拜託你別再裝傻了，好嗎？高須同學，已經夠了！所有事情我都知道了！我會支持你們的！」

毅然決然說著這段話的実乃梨，以清澈的眼神，直直盯著竜兒的眼睛——她的單純強壓著竜兒，讓他說不出話來。

「……你以為我沒注意到嗎？你們兩個每天都一起上學不是嗎？而我總是個電燈泡。我一～直等你們親口告訴我你們在交往的事情……可是！不論我怎麼等！你們都不肯告訴我！所以！」

「不、不是不是不是、錯了、那個是、那個，櫛枝、妳弄錯……」

「我只是想告訴你們，不用再偷偷摸摸的了！高須同學、大河！我已經知道了、知道你們在交往的事情。我一～直想把這件事情說出來！」

仍然採下跪姿態的実乃梨伸手直指竜兒，同時，太陽穴上冒出青筋的她以陽光般的笑容深深的、深深～～地低下頭。

「沒錯！一～定不會錯！高須同學就是大河的真命天子！我絕不允許有任何人阻礙你們！所以請你們安心地交往下去！好嗎？」

即使妳跟我說「好嗎？」我也……竜兒簡直像膝蓋遭到重擊般，當場全身無力跪了下去。這是靈魂逝去的瞬間——

過於震驚而開不了口、發不出聲音……明明很想否認！非得否認才行——！

「妳搞、搞錯——了！小実，妳誤會了！我們兩人不是那種交情！拜託妳先聽我把話說完，讓我好好解釋！妳起來！」

逢坂以側步跳到竜兒面前，開始拚命解釋。竜兒不禁感動落淚——沒錯，還有逢坂，她可以代替無用的我釐清妳的誤會。竜兒就這麼倒在水泥地上，傳送著無言的吶喊。

但是——

「呵呵呵，別害羞了啦，恭喜你們兩位！」

有如紳士風度化身的実乃梨起身拍拍裙子，然後視線越過逢坂的肩膀靜靜凝視竜兒——

「……高須同學，如果你讓大河哭，我絕不饒你！」

一瞬間她露出了認真的表情。

無所謂啦！給我等一下！事情不是妳想的那樣！不是那樣！竜兒啊啊地掙扎，拚死想從喉嚨裡擠出聲音來、想要伸出手、想要跟轉身離去的実乃梨說清楚……可是喉嚨、手，全都因為震驚而痲痺，沒辦法對她說明。

在無力的竜兒面前，最後能夠解釋一切的希望——逢坂，也被一刀斬殺。在竜兒的眼裡，那個已失去生命力的小小身體正朝著後方飛去，然後就這麼一動也不動。噴出的鮮血，將逢坂全身上下染得血紅。

「原來是這樣啊……嗯，我還在想你們最近還真常在一起呢！高須，我正好有事找你所以過來……不過那已經無所謂了。恭喜你們！不過你也太見外了，這麼重要的事竟然沒有早點告訴我。」

北村也在場——

他站在樓梯口那從頭看到尾。他聽見実乃梨的說詞，當然——他也誤會了。

接著他走近小小的屍體，給她最後一擊：

「逢坂，高須就拜託妳了。要永遠珍惜對方喔。說起來，其實你們兩個很合呢！」

大小兩具呆滯的身體，就這麼再也起不了身……

＊＊＊

「請問，客人，要點什麼……」

「……」

「……」

「……客、客人，如果你們都不點東西的話……」

「……飲料吧……」

「……再加一個人，一樣的……」

「……飲料吧，兩位。杯子和餐具在那裡。」

說完固定要說的台詞後，服務生就轉身離去，然而卻沒半個人起身去拿飲料。

現在約是晚上十點左右，這裡是國道旁的家庭餐廳。有兩具屍體在窗邊的禁菸席……

大的那一個，明明還是四月天，卻穿著衣領鬆弛的T恤，頭上還掛著洗臉時用的髮帶；小的那一個則頂著一頭亂七八糟的長髮，穿著紅色格子襯衫與綠色格子裙。

兩人都是一副破爛不堪的樣子，頹廢到無藥可救。嘴裡說不出一句話，眼睛連眨也不眨，只是什麼都不做地任由時間流逝。

「為什麼……事情……會變……這樣……」

先出聲的是大屍體竜兒。手肘靠著餐桌抱住頭，自言自語般小小聲的說：

「我、我們……在什麼地方出錯了嗎？為什麼櫛枝実乃梨會誤會……」

竜兒今天終於見識到他所不知道的実乃梨。自我主張強烈、完全不聽別人說話。換句話說，也就是超級自我。不過，既然是逢坂的好朋友，有此共通特性也是理所當然。

「偏偏……讓櫛枝誤會……」

單戀了一年的對象，竟然在自己面前下跪……不過更重要的是，坐在對面的逢坂應該也和自己受了同樣的創傷。

「……」

逢坂移動著空洞的視線，失魂落魄地淺坐在沙發上仰著頭，那種姿勢很可能會滑到地上。這是掌中老虎嗎？這是光用視線就能把男人踢飛、吼叫聲充滿魄力的二C之虎嗎？竜兒單純地難過起來——

「逢、逢坂……振作點，醒一醒……」

竜兒伸出手越過餐桌，搖晃逢坂小小的肩膀。但——

「……」

逢坂的魂魄還是沒有回來。

「逢坂……」

用盡最後的力量，竜兒精疲力盡地趴在餐桌上。真的是……為什麼會發生這種事！

應該已經很習慣受傷了才是。

被誤解也好、被擅自想像也好，從幼稚園開始就應該很習慣了才對。

「……啊啊，對了……」

竜兒注意到了。自己震驚的不是因為被誤解，而是被誤解了之後，還受到滿臉笑容以及認真言語的支持——完全無法向對方解釋清楚這點，才是真正教人喪氣的原因。

真是個大笨蛋！竜兒對自己下了評價。那麼理所當然的事情竟然……明知道她沒有特別喜歡自己，也不曾為了得到她的愛而做些什麼，我到底在期待些什麼？也許我根本沒有心情低落的權力？

保持這個姿勢數分鐘後，他終於注意到什麼而抬起頭來——

「啊……」

鏗、鏗，兩聲堅硬的聲音。

「……給你。我不知道你要喝什麼，所以，總之……西印度櫻桃汁，補充維他命C。」

逢坂靜靜站在桌前，拿回兩杯大紅色的飲料。她將玻璃杯並排放在餐桌上後，滑進自己的座位裡。

「……逢坂……」

什麼時候恢復呼吸了？逢坂在竜兒面前深深嘆了口氣。端正的伸直背、抬起頭開口：

「真抱歉，因為我們老是這樣黏在一起……因為我老是說要這樣做才會變成這樣……硬是要竜兒參一腳……虧我還叫你笨狗，我才是沒用的主人呢……」

只剩下眼神仍像平常一樣壞心眼與銳利。嘴巴這麼說著，但似乎有些無力，眼裡盡是空虛的光芒。

竜兒心裡那顆沉重的大石頭落下。

逢坂也是一樣，因我們老是像這樣聚在一起而被誤會、受傷啊！逢坂也好，自己也好，我們都一樣徹底參與。就因為這樣、就因為面對面、就因為老是在一起的關係……

可是——

「……我……我倒不特別介意……我們老是……在一起……」

竜兒想開口說些什麼，最後還是作罷。逢坂也一樣受傷啊！所以——我不能擅自以肯定的語氣說話……這時逢坂開口：

「我……決定了。」

她用吸管攪弄果汁的冰塊，一臉豁出去的表情抬起頭，直直看著竜兒的眼說：

「明天，我就去向北村同學告白。不要再有耍笨的餘地，我要直接地……用普通的方式告白。」

倒抽了口乾涸空氣的人，是竜兒。

眼神明明極度不安，還加了句──「我決定了」。

「……逢坂……這麼突然……為什麼……不，目前和他的關係一點進展也沒有喔……」

「沒錯，一點進展也沒有，再加上……」

還被他這樣誤會，連你也被牽連進來──這句話她僅僅以微弱的聲音自言自語：

「……所以，我想做個了結。」

「了結？什麼意思……」

「把『老是在一起』這件事，做個了結。」

她下了結論。

說完，逢坂的眼神轉為清澈，但表情卻像突然沉入水裡般冷冽，竜兒說不出話來。

「就在今天讓你自由吧！這樣一來，你想怎樣就怎樣……我什麼也不會做，你要向小実告白或者幹嘛，都隨便你！……不論明天的告白結果如何，你都不用再聽我的話了。」

「……！」

「狗的工作就到今天為止。明天開始，我們回到之前那樣……情書事件發生前那樣吧！」

解放宣言。

已經不用再聽她的話了。

這應該是令人高興的一刻才是啊！

明明如此，竜兒還是什麼也沒說。

至少也要說一句「謝謝妳這段日子的照顧」、「真是可喜可賀」或其他什麼話，他卻連一句也沒說。對了，就連「這樣一來會變得很寂寞」都沒說——一句話都沒說。竜兒的喉嚨無法擠出任何一句話，他只是握著冰冷的玻璃杯……明明指尖早就因為冰冷而發痛，明明他心裡的感覺有如冰凍般寒冷。

可是逢坂不知為何卻笑了起來——無聲地微笑著。她看著竜兒，有些不好意思的移開視線，雙手掩著嘴低下頭：

「……好奇怪喔，為什麼我們會像這樣子在一起呢？就連今天也是，我們並沒有特別約好啊！兩個行屍走肉卻很自然地集合在這裡……真怪，每天在一起吃飯……老是一起無所事事或是吵架……」

從她小小的手裡隱約流洩出笑聲，大大的眼睛瞇成新月狀。逢坂真的在笑，這是竜兒第一次看到，她在他面前展露出真心笑容。

「我——不想回家，不想回去那個只有我一個人的房子，所以才會硬闖入你家，還連飯都吃了。這真的是很……嗯，很——」

欲言又止的逢坂，一度沉默地聳著肩。她究竟有什麼打算？她就這樣緩緩挪開視線，然後閉上眼睛，似乎是在小心翼翼的封印目前為止那對眼睛所看到的一切。輕輕的，不發出半點聲音。

「很……哈哈，該怎麼說？不過……嗯，對了，幸好我沒餓死，嗯，我真的很笨手笨腳喔！那個家不是只有我一個人住嗎？」

逢坂應該看不見竜兒點頭的表情。

「那是個很殘酷的故事呢！我和爸媽的感情不好，老是在吵架。某天我說：『我要離開這個家！』他們只說了：『求之不得。』然後就把那間公寓分給我……等我發現的時候，已經真的要搬家了……可是，又拉不下臉……結果搬家後才發現，自己完全不會做家事……很傷腦筋，真的！沒有一個人、沒有任何一個人來看我……最笨的，就是明知自己的父母是那種人，還逞強離開家裡。很笨吧？我真的很蠢吧？你要笑就笑吧，我已經不會生氣了。」

逢坂睜開了眼睛。

一口氣把這些話說完，我知道她的肩膀已經無力了。

這算什麼？竜兒的喉嚨深處只能發出呻吟。

對吧！這算什麼？逢坂所說的簡單故事——根本就是悲慘的遺棄故事不是嗎？根本就是被國王一家拋棄，而一個人孤單留在城堡裡的洋娃娃不是嗎？

可是逢坂在笑，而且似乎也希望竜兒跟著一起笑。所以——

「哈……哈哈！」

所以——

「哈哈哈！哈哈哈哈！……真夠笨的……」

「沒錯吧！」

竜兒笑了，雖然他感覺心被撕裂，他仍然拚命地、開心地、溫柔地笑——因為從來沒有人那麼希望他笑。

到今天結束。明天開始就回到以前的樣子。以前的樣子——連招呼也不打的關係，回到誰也不敢接近的掌中老虎，以及害怕掌中老虎的同班同學關係。

既然這樣，今天晚上就盡全力地笑吧，然後在這簡陋的家庭餐廳裡，好好瞧瞧逢坂最後的笑容。

那麼，就讓她看吧！我想她應該會笑得很開心。

「哈哈，對了，給妳看個好東西。妳知道這是誰嗎？」

那是一張總是擺在錢包裡的舊照片。

「咦？啊……這該不會是……你老爸？」

「厲害！答對了。」

噗！哈哈哈哈哈哈哈哈哈！讓周圍投以白眼的狂笑、大爆笑——

「這、這什麼啊！好像！啊哈哈！真好笑！」

「妳看看眼睛附近——超像的對吧，我和這位流氓老兄！」

「討厭！別再拿過來了啦！啊哈哈哈哈哈哈哈！」

扭著身體，掉著眼淚，逢坂笑趴在餐桌上，乓砰地敲著餐桌，腳也啪噠地亂踢，聲音都啞掉了仍繼續笑著。極惡面容的ＤＮＡ完美遺傳，似乎按下逢坂的某個開關。痛恨痛恨痛恨到不行的基因，如果能讓她那麼開心，也不枉存在的價值了。

「……這張照片，我從來沒讓人看過喔！」

「哈，啊啊，好難受……！我從來不曾這樣笑過……怎麼回事啊，這是什麼基因！」

「很好玩吧？」

「太好笑了啦！啊啊！對了，這樣子的話，為了感謝你讓我看你的祕密，我也告訴你一件有趣的事情當回禮吧——告訴你我的祕密。」

「我說——」鬼鬼祟祟的聲音、避免笑出來而抿住的嘴唇、蓬漲鼓起的薔薇色臉頰、逢坂眼裡閃著惡作劇的光芒。招招手，嘴巴靠近竜兒耳朵——

「……餅乾，很鹹吧！」

「啊？」

呢喃的聲音讓竜兒叫了起來。為什麼？怎麼會知道餅乾的味道……

「哇哈哈！其實我在撿回餅乾時，就不甘心地吃掉一個了！這是什麼東西？難吃死了！可是你連讓我阻止的機會也沒有，一口氣就把餅乾吃掉——還對我撒謊……」

突然殺出來的一句話。

屏住呼吸，笑容也變得悲傷，逢坂似乎在尋找遺失的話語。嘆口氣，深深低著頭，掩飾自己的表情：

「你……竜兒，以狗來說是隻大笨狗，不過以人來說——還可以啦！因此……因為這樣，因為我很清楚，所以就結束吧……你不是個無趣的傢伙，應該是，該怎麼說……不是主從關係，而是站在同等地位……」

你大概聽不懂我在說什麼吧！她說。

她的話突然就此打住，接下來再抬起頭來時，逢坂已經回到平常那副冷冷的表情了——

「我有食慾了。」她說著並打開菜單，竜兒也跟著動作，兩人點了兩份漢堡排。前陣子你做的漢堡排比這個好吃多了！交換著理所當然的對話，或者爭執誰要去飲料吧拿飲料——結果當然是竜兒被踢出去。然後——有限的時間一分一秒過去……

毫無窒礙的流逝，時間對任何人都是平等的。

結完帳，兩人在深夜的住宅區往家的方向前進。

春天的夜晚有著奇特的溫度，如夢似幻的風吹撫在肌膚上讓人發癢。竜兒一刻都靜不下來，逢坂也像喝醉了似的異常饒舌。

二十分鐘左右的路程，兩人邊走，逢坂邊嘟嘟囔囔發牢騷……說自己的親生媽媽現在在很遠的其他縣市，繼母其實個性很差，被趕出家門有部分原因也是因為繼母的關係。

竜兒也提到和媽媽兩個人的生活，很貧窮又被人家當作是笨蛋，還有跟蹤泰子的噁心傢伙等等。還說了因為自己眼神凶惡而常被誤會，還說出每天都是痛苦思春期的丟臉事跡。

這些事情對竜兒來說是不讓任何人知道的傷痛，也許逢坂告訴自己的那些事情對她來說，也是不願意讓自己之外的人看見的傷口——「我說得沒錯吧？」因為體貼所以沒這麼問，不過竜兒心想，一定是這樣沒錯。

然後還有那段日子，真的很開心，消逝的時光真是可惜。

可是，沒有人能夠停住時間。時間緩緩流逝，最後終於——

「……啊啊，可惡！」

在轉角的街燈下——

不會說話的倒楣電線桿被逢坂用來踹踢洩忿。咚！喀！不斷反複的暴力行為，看來真的很像是喝醉酒了。

「真是太過分了……為什麼這個世界對我們這種小鬼那麼冷淡啊！我們的心裡有那麼多那麼多的煩惱，又有誰可以了解！」

那充滿痛苦的聲音響徹深夜的住宅區。竜兒沒有阻止她，只是在逢坂身旁大大點頭表示贊同。

「沒——錯、沒——錯！反正根本沒人知道我或逢坂這種長相凶惡的傢伙，竟然也會和一般人一樣陷入低潮！」

「啊啊，令人生氣……令人生氣！生氣、生氣、令人生氣——————！」

她連續使出一般人做不到的踢擊。喘著氣的逢坂突然轉頭——

「……喂，竜兒！你也是一想到小実的事情就很煩惱吧？想著為什麼無法順利進展？到底要怎麼做才能和對方交往？你也會因為這些而痛苦不已吧？」

「啊啊，可能吧！」

回答完後才開始思考這個問題。說起來我這一陣子光是為了能夠安然度過與逢坂在一起的吵鬧日子就筋疲力盡了，根本沒心思去理會感傷心情——

「那麼，竜兒也……會哭嗎？」

「……妳，會哭嗎？」

「會啊。」

瞬間陷入了沉默。

接著逢坂徐徐抬頭望向夜空，身體離開了電線桿。撥了撥紛亂的頭髮，雪白的側臉像崩壞般的透明。

「今天我莫名想起這些事……和他的關係也許一輩子都不會拉近吧！也許他有女朋友吧！……還有、還想了好多好多……真的像個笨蛋似的，一個人想了好多好多……一定沒有人知道吧……沒有人了解我……沒有一個人……」

她說的話語聲細如蚊，竜兒沒聽清楚，但是那寂寞的聲音，卻悄悄布滿整個薄雲籠罩的夜空。

「……如果大家知道妳是怎樣的人，一定會很驚訝的！」

竜兒也同樣仰望夜空，邊尋找看不見的月亮邊說：

「有誰想得到妳也會為了那些事情哭呢……？只有我，只有我知道。」

有夠不要臉的。逢坂說。她嘆了口氣，視線飄移：

「……竜兒也是啊！沒有人了解你，只有我知道，而且還知道得不少。」

「妳在說什麼啊……！譬如說？」

「竜兒呢……雖然臉長那副德性，其實是個連和喜歡的女孩說話都不敢的傢伙；雖然長那副德性，其實是個連對人生氣都不會的傢伙；雖然長那副德性，其實是個絕不會傷害別人的傢伙；雖然長那副德性，其實是擅長料理與打掃的傢伙……雖然眼神恐怖得教人難以接近，其實是個比任何人都還為他人著想的傢伙……我說的沒錯吧！」

「原來我是那麼沒出息的傢伙啊！」

「……這算沒出息嗎……應該不是吧……」

在春天柔和的夜風中，轉過頭的逢坂頭髮像蕾絲般飄然搖曳，細細的手指撥著頭髮，她的唇用模糊沉靜的聲音說——

你是個很溫柔的傢伙喲！

「逢坂……」

我只是個無趣的好人嗎？原本想要這樣回嘴的，卻說不出話來。因為逢坂的臉似乎痛苦扭曲著。

「……我，和你正好完全相反呢，我是個沒用的傢伙，沒辦法溫柔，還有一大堆看不慣的事情……不對，應該是這世界上很少有事情能讓我認同吧！擋在我面前的所以東西，全部、全部、全部全部全部全部全部都……」

她撩起長長的裙襬，伸出雪白的腿劈開風——

「……令、人、生、氣——————！」

一個飛踢，她對冰冷的電線桿使出必殺的一擊。那股突然爆發的情感，讓竜兒嚇得說不出話，向後大大退了一步。唔哇！他嘴裡低語著，除了在一旁守護這隻狂暴的老虎外，他什麼也不能做。

「令人生氣令人生氣令人生氣！什麼掌中老虎？啊！怎麼可能、我怎麼可能對這一切毫不在意啊啊啊啊————！為什麼？沒有一個人了解啊啊啊————！」

黃金色的月亮出現在兩人正上方，彷彿是被老虎的咆哮給喚了出來。

虐待電線桿的逢坂影子在冰冷的柏油路上拉得老長，竜兒只是在一旁看著，然後再度稍微走近一點縮短距離，他的影子也延伸在路上。

兩個影子重疊在一起，但是身體並沒有實際的接觸。

「大家、每個人——全都令人生氣……！小実這個笨蛋！……為什麼不聽我說呢？北村同學也是，為什麼完全相信小実的話呢！為什麼不試著了解我！小実也是、北村同學也是、所有人……全部全部、爸爸也是媽媽也是、全部的人，我……都不原諒！因為、大家都、不了解我……！大家都不了解我！」

雙臂抱著電線桿以堅硬的膝蓋撞擊，逢坂已經說不出話了。過去也有幾個夜晚曾像這樣情緒激昂到想哭吧！湧上喉頭的灼熱淚水讓呼吸難受，結果——

「唔、唔唔……！」

「哇啊！笨蛋！快住手！」

她身子向後仰，準備使出渾身力氣來個頭鎚——的千鈞一髮之際，竜兒及時在最危急的時刻伸出手掌擋住逢坂的額頭。頭鎚怎麼可能贏得了電線桿啊！

「可是我就是生氣啊啊啊啊！」

喊叫，以及淚水。

身旁的逢坂已經完全變成在春夜裡哭個不停的純真小孩。真沒辦法！竜兒拿定了主意……

……話是這麼說啦，可是他也沒辦法做什麼了不起的事情，不過至少會比對她說「我了解妳」等無力的話語還有用。所以——

「……我也來幫妳！」

說完，他深深吸了一大口氣，就在吐出來的同時一鼓作氣地——

「令人生氣啊啊啊啊啊啊——！」

連不習慣踢東西的傢伙也加入了，甚至還來了幾個迴旋踢。靠著平常看K—1（註：日本知名的格鬥技大賽）比賽的印象，竜兒以不可靠的平衡感搖搖晃晃踢著電線桿。

竜兒和逢坂這種做法或許有些卑鄙，他們兩人一起攻擊電線桿。因為竜兒有個敵人，那敵人就像是他人生道路上的一塊石頭，竜兒確確實實能夠感覺到它的威脅。而逢坂也有個敵

人……應該吧！同樣阻礙逢坂人生的東西也真真切切存在。當逢坂喜歡上某人時，或者當她希望與某人在一起時，那個敵人就會展現出它的重量。或許敵人的名字就叫「自卑」吧，也可以叫做「命運」、「與生俱來」，或者「環境」之類的，也許還可以稱為「思春期特有的自我意識」或是「自己一個人辦不到的事」等等，那敵人擁有各式各樣的名字。

不過無論如何，想要痛毆那個敵人是不可能辦到的，而且未來還不知道要和這個沒有實體的傢伙繼續對戰多久。如果不像現在這樣狠踹電線桿的話，這股怨氣恐怕一輩子到死都無法消散吧！明明可以選牆壁或是棉被……只能說，電線桿真是太倒楣了。

基於這個理由，竜兒也上前幫忙。兩個人在一起，就算笨也好，就算蠢也好，無聊也好，他們化身成對著春夜怒吼的野獸展開猛烈攻擊。

特別是逢坂的敵人看來似乎比竜兒的還要大、還要重——在逢坂身邊的竜兒心裡這麼想——原來如此，為了對抗看不見的敵人，所以妳才會變身為老虎。電線桿似乎變得更大、更重、更硬、更難擊倒了。逢坂一直希望自己擁有對抗敵人的力量，因此她必須要讓自己變成老虎才行。

真不可思議，竜兒與逢坂的人生雖然短暫，卻有某個地方相契合。所以竜兒才會那麼了解逢坂。看到她露出極度疲憊的表情、肚子空空如也時，他無法放任她不管。

就算再困擾、就算再生氣、事實上他就是無法棄之不顧。

不過這一切的一切對竜兒而言，絕不是不幸的事件，甚至可以說——

「竜兒，讓開點！」

「幹嘛從草叢裡拿出棍子……唔喔！」

突然被抬起頭的逢坂嚇到。她的樣子，讓竜兒一切思考全都煙消霧散了。

逢坂在笑。那是慘忍的笑。她目露凶光、殺氣騰騰地以掌中老虎的魄力瞪著獵物——

「給你死！」

就是這種感覺。

她走到路邊，拉開適當距離，接著提起裙子——

「你給我等著！北村！我要向你告白啦啊啊啊啊啊啊啊啊——————！」

主要的觀眾（竜兒）倒抽一口氣叫了起來。猛烈的助跑，在絕妙的時間點用力飛踢——

嬌小的身子優美跳起，停留在空中，眼裡映照著月光，接著右腳在空中畫開，踢向電線桿。

「……！」

這過度誇張的場景讓竜兒不禁閉上眼睛。直到聽見啪答一聲落地的聲響，他才連忙睜開眼，跑向屁股著地摔在電線桿旁的逢坂。

「混、混蛋！妳的腳……」

「……竜兒，吶，你看！」

「咦？」

逢坂手指著向天延伸的電線桿。那個怎麼了？竜兒的視線回到逢坂身上，看見她正開心笑著：

「你不覺得歪掉了嗎？」

「啥？怎麼可能！哪可能被人踢一踢就會歪掉——」

竜兒對照電線桿後面的圍籬看了一下，立刻嚇得喘不上氣：

「——真的歪掉了！」

「對吧！」

太好了！我贏了！逢坂笑著。當然，搞不好電線桿一開始就是歪的也說不定；也搞不好後頭的圍籬本來就是歪的。比起電線桿被逢坂踢歪的說法，其他兩者還比較有說服力。

可是竜兒相信她——

他相信是逢坂、是掌中老虎的飛踢讓電線桿傾斜了。

因為逢坂在笑啊。

「……糟糕，那個是警察嗎？」

他們倆人可能太吵了——路的那一頭騎著自行車接近的身影，的確是身著制服的警察。

竜兒慌慌張張回看逢坂：

「這下慘了，我們快逃吧！咦……怎麼了？妳怎麼了？」

竜兒看著就這樣坐在原地不動、皺著臉的笨蛋。

「好、好痛……」

「啥！」

剛剛還精神飽滿攻擊電線桿的逢坂，裙襬在地面散開，小小的手搓揉著右腳小腿，接著以沒用的表情抬頭看向竜兒說：

「撞到的地方，可能受傷了……好痛！」

她的嘴巴癟成了ㄟ字型。哎呀！竜兒搔搔頭說：

「廢話！唔哇……這邊好像腫起來了……」

竜兒蹲下來仔細看，不禁深鎖眉頭，就連在路燈這麼朦朧的燈光下，都可以清楚看到纖細腳踝稍微上面一點的地方，也就是雪白小腿肌膚的一部分，嚴重瘀血了。

「……電線桿果然很硬呢……痛、好痛……」

「當然很硬啊！真是的……」

竜兒深深嘆了口氣，真拿妳沒辦法！說完，便背對著蹲坐在地上的逢坂——這就是所謂的男子氣概吧，他自己似乎也很陶醉於這種感覺。

「上來，我背妳，妳這傢伙……嗚咕！」

興奮期待著要揹她——可是他忘了，她可是掌中老虎喔！才說了腳痛，就立刻以強有力的跳躍，砰地跳上竜兒的背，她還緊緊勒住竜兒的脖子，讓他痛苦得要死。

「好、好難……過……」

竜兒拚命敲打逢坂壓住氣管與動脈的手，傳遞著生命有危險的訊息。

「不好了，竜兒！那不是巡警嗎？得快點逃走！」

我不是一開始就這麼說了嗎……可惜脖子被勒住，竜兒只好在一句話也說不出來的情況下急忙逃跑。

他們繞遠路走進沒有人煙的巷子裡，壓低腳步聲，拚命在夜路上奔跑。他們跑進連路燈也沒有的小路，在異樣的靜寂中，沒人開口說話。藉由彼此的體溫，也沒有任何一方開口說「好恐怖」。

竜兒確實揹著逢坂的身體。

逢坂的下巴輕輕抵著竜兒脈搏跳動的脖子。

沒有多說一句多餘的話語，她僅是伸手指向小徑前方隱約可見的大馬路燈光——

「痛！」

鏗！一聲低低的聲音，逢坂小聲叫了起來。

「什麼？怎麼了！」

竜兒不禁停下腳步，回頭看向背上的逢坂。可以感受到對方呼吸的極近距離，黑暗中兩人交換著視線。

「好、好像……有招牌突出來……撞到額頭了！」

「咦？妳幹嘛不躲！」

「太突然啦！那麼黑又看不見，連你也沒注意到不是！……痛死了，啊啊，可惡……」

「撞到哪邊？這邊嗎？」

伸出手，竜兒碰到了逢坂有點發燙的額頭——這裡太暗了，用看的也看不出個所以然。

「……好像沒流血，也沒有腫起來……我想應該沒事。」

「真倒楣。」

「跟倒不倒楣沒關係，是妳太笨了。」

你說什麼！竜兒重新揹起喘著氣的逢坂跑了起來。只要出了大馬路，離家就不遠了。

「……沒受傷真的太好了。」

警笛聲遠遠響著，所以竜兒含糊的聲音，背後那傢伙恐怕沒聽見吧！

「明天就要告白，如果臉弄傷可就糟了……真的是太好了！」

逢坂一句話也沒說。

這樣就好——

只有逢坂臉頰的柔軟觸感碰觸著脖子——沒有受傷，也好好待在背上。這樣就好了……只要這樣，就好了。

確認警察的腳踏車沒追過來，兩人終於穿出小徑，回到與眩目的街燈車道連接的寬廣人行道。結束一天工作準備回家的人們偶爾擦肩而過，還有牽著狗的歐巴桑，每個人都有自己的事要忙，沒有人多看竜兒與逢坂幾眼。上班族也好、粉領族也好、歐巴桑也好、歐吉桑也好，每個人都擁有各自的沉重敵人，每個人一定也有想痛毆電線桿的夜晚吧，只因為他們已經是大人了所以不那麼做。

竜兒腦海裡突然浮現擦肩而過的他們，拿電線桿來出氣的畫面，不禁輕輕笑了起來。逢坂注意到了——

「你在笑什麼？」

逢坂探出身子，氣息正好落在竜兒的側臉上。

「沒什麼……只是很無聊的事情罷了。」

「咦？什麼啦？什麼什麼！告訴我嘛！」

「咕！」

脖子被狠狠勒住。

「妳、妳這傢伙……」

「人家很在意嘛！在笑什麼啦？」

「……就說不是什麼了不起的事情別放在心上了……好、好難過！」

「不想說的話，就讓你一輩子說不出來吧。」

「唔！」

啊啊真是的——怎麼會有這種人？竜兒一邊保持氣管暢通一邊和她打鬧。這傢伙蠻橫、殘暴、任性又自以為是，連思考都不准的暴君老虎。因為和這傢伙牽扯在一起的關係，讓我遭遇了多少次慘痛的經驗啊？那個時候也是，還有那時候跟那時候……

這樣回想……回想那些事情，痛苦就會比較緩和吧！那個緊緊靠著的體溫裡，八成不帶任何感情吧！就算距離逢坂住的布爾喬亞大樓愈來愈近，她仍舊不會有絲毫情緒起伏吧……我這樣想著。

然而——

交纏在脖子上的手臂突然鬆開了。

「到這裡就可以了。」

逢坂這麼說，拍了一下竜兒的肩膀。

在大樓入口前，她輕巧地自竜兒背上跳下。頓時空了下來的背，沒了重量，也失去了溫暖。一切都消失，竜兒回過頭看著站在玻璃門前的逢坂。

接著心臟像被揪住般的痛——原來是那麼痛啊！

「就這樣了，竜兒。時間剛剛好呢，你看！」

抬起細細的手讓他看，逢坂的手錶朝著竜兒。指著錶面上文字的兩根指針，正好是十一點五十九分。

「啊啊，好累——總算平安到家了。一切就到今天、在這裡告一段落了。今天結束後，你就不再是我的狗了。還剩下三十秒……喂，你還有沒有什麼話要說的？」

「……要說的話……妳指的是什麼？」

「身為一隻笨狗，在最後對於做主人的我沒什麼話要說嗎？竜兒！」

「……這……這麼突然要我說……」

二公尺距離前的逢坂淺淺笑了起來。看來像是在笑。接著她偏了偏小小的脖子，似乎在等待竜兒開口。可是我要說的話——我能夠說的話——

「……十秒……五秒……」

什麼也說不出口。

風吹過兩人中間。逢坂放下伸出的手說：

「……掰掰。」

「嗯……明、明天！明天加油喔！」

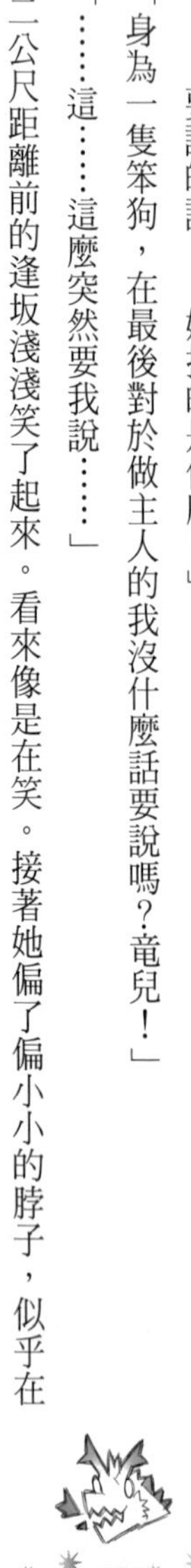

只有這樣。

「掰掰，高須同學！」

## 6

睡過頭了。

準備要煮早餐與便當的飯，卻忘記按下電子鍋的按鈕。

也忘了餵小鸚飼料還有換水。

出門時太慌亂的關係，襪子左右腳還穿成不同顏色……

「……我、我到底在幹嘛，真的是……」

低聲自言自語的竜兒不禁看向自己的腳——右邊是黑色，左邊是深藍色。

到了學校站在鞋櫃前，要將腳下的學生鞋換成室內鞋時，才注意到這令人痛恨的失誤。

到了這地步也沒別的辦法，而且還挺顯眼的——顏色明明就差那麼多，為什麼會穿錯……？

不過他沒空閒思考，馬上就要遲到了。訓導主任正站在樓梯口頻頻催促學生們快點進教室。竜兒也輕輕點頭，盡快不惹他生氣地上樓前往教室。可是沒料到走到最後一階樓梯時卻踩空，小腿重重撞了一下，痛得發不出聲音，瞇起快發狂似的嚴肅眼睛，路過的低年級生全都沒來由的渾身發抖。

嘆息之後按摩著小腿，他心裡所想的事情只有一件——這麼提不起勁，大概是因為昨天晚上和逢坂告別的關係吧。

從迎接麻煩的早晨以及必須多做一份的便當中解放，照理說竜兒今天早上應該很輕鬆才是，應該恢復到原本還算舒適的生活才是——可是現在卻是這副狼狽樣——看來一度被弄亂的生活步調，並非那麼容易就能恢復吧！想想自己可能已經很習慣當狗的生活了。這種想法實在很沒出息，可是缺少叫罵聲的早晨，確實讓人莫名地失去幹勁。

逢坂怎樣了？竜兒蹣跚走著，邊想著無意義的事情。我沒去叫她起床，她自己起得來嗎？有沒有遲到？有沒有帶便當？（雖然這麼說，不過今天自己也是吃便利商店的便當。）想這些也沒意義啊！他自嘲地甩去那些想法，推開教室拉門，正準備要踏入教室時——

「……唔喔！」

他不禁大吃一驚向後退，順手關上門。

那是怎麼回事？

他一個人回到走廊上。總之，先深呼吸，吸——吐——稍稍平靜下來了，開始思考，剛

剛看到的，到底是怎麼一回事？什麼事可以讓裡面變成那樣？

怎樣也想不通，得進去確認才行──所以他非得進入教室不可。吞吞口水，再一次伸手用力推，保持鎮定地把門打開。

「……懂了嗎？」

這回竜兒僵住了。

傳進耳中的是充滿殺氣的低沉聲音。忤逆我的傢伙殺無赦！刺殺眾人的堅定語句。

「如果再有任何人亂說些有的沒的……我絕對！絕對饒不了他！」

教室中央，背對著竜兒站在那兒說話的是逢坂大河──人稱掌中老虎。

然後在她周圍，聚集在一起拚命和逢坂保持距離而緊貼教室牆壁的班上同學們，全都用力點點頭。

這是怎麼回事啊？除了這句話外，竜兒再想不出其他句子了。要說幾遍都可以──這是怎麼回事？

「……真的懂了吧！同樣的事情不要讓我說第二遍喔……」

小小隻的老虎再說了一遍。「是──！」所有的人沒用地大聲回答，不論男生女生，全都害怕顫抖著。

仔細一看，逢坂四周的桌子和椅子全都被踹倒在地，書包及不知是誰的東西慘烈散落一

地，整個教室看來真的很恐怖，就像颱風狂掃之後的慘狀。逢坂的聲音雖然平靜，但她的肩膀卻像是大聲喊叫過後的劇烈喘氣，上下起伏。該不會……不，我想恐怕沒錯，這場面是逢坂的傑作。可是，為什麼？

「啊……高須……」

其中一人注意到我的存在。我的確是高須沒錯，但——

「……怎、怎麼回事……？幹嘛啦？」

為何班上同學全體一致以奇怪的表情看向我？所幸那表情不是嫌惡。全班都一臉不安？還是尷尬？總之是難以形容的表情看著我。

然後逢坂也無聲地回頭，與竜兒靜靜四目相交，連一句早安也沒說。相反的她只是含糊抬抬下巴，對全班說了句「解散」。

原本聚在一起發抖的傢伙，三三兩兩回到自己的座位，其中有幾個人向竜兒走過來。

「……高、高須……那個，很抱歉，我們亂傳奇怪的謠言……」

「啊？奇怪的謠言？」

「對不起，我們不會再胡思亂想了！」

「……什、想什麼？你們到底在說什麼？」

就連平常很要好的能登也——

「……高須喲——我完全沒有奇怪的想法喔，只是單純覺得你真厲害罷了……也有幾分羨慕吧！對不起，我不會再胡思亂想了！」

臉上很奇妙地露出緊張的神情，正打算走開時，竜兒抓住他的肩膀，慌慌張張詢問到底是什麼意思：

「你、你給我等一下，你到底在說什麼？到底發生什麼事了？這是逢坂做的吧？那傢伙又惹出什麼事了？」

「不，這個嘛……」

「你給我說清楚！」

能登臉上的表情相當尷尬，眼珠子盯著空中打轉。能登是就算面對竜兒追問詳情的白眼，也不會感到可怕的朋友。可是竜兒的手不放開能登的肩膀，沒聽到理由他不會放開——能登也很明白，所以含糊地說：「這個嘛，該怎麼說呢？」

「就是……好像是被聽到了……我們在傳，你和掌中老虎的八卦……」

「八卦？」

「啊——嗯，就是說你們兩個好像在交往……的八卦……結果怒火中燒的掌中老虎就發飆了。她說：『我和高須同學沒有任何關係！』然後開始抓狂破壞……嚇死人了，真的……這還是我第一次見到掌中老虎的真本事，我絕對不會再忤逆她了。不准再說無聊事！不准再妄加臆測就亂說話！誰再亂傳那個八卦我就幹掉誰！絕不留情，統統殺掉！她這麼說。就連櫛枝想阻止她也沒用……對吧，櫛枝？」

能登叫住正好走過的櫛枝実乃梨——照理說她應該是唯一懂得掌中老虎的人，可是現在她的臉上卻看不見平日有如陽光般的笑容。

「那……那個，高須同學，那個——那個……」

在思考什麼的深遠沉靜眼神探尋著竜兒的眼底……她似乎有什麼話要說。然而——

「……小実，別說不必要的廢話，我會生氣哦，即使是妳——」

在她身後的逢坂以強硬的語氣說著。

「小実也要對高須同學道歉……說妳知道昨天的事情是一場誤會……一定要好好道歉！都怪班上同學亂說話的關係……因為我最希望小実能夠知道整件事是個誤會。」

「……大河。」

「說啊，小実！」

嘴唇扭成ㄟ字型，逢坂像小孩子一樣愈說愈激昂。盯著実乃梨的眼睛不動分毫，也沒有看向竜兒，眉間緊緊深鎖。

実乃梨好一陣子沒說一句話，只是默默承受逢坂的視線。最後她終於徹底被打敗，說聲我知道了，接著再度轉向竜兒：

「高須同學，昨天誤會你了，對不起。」

「……不，沒什麼……沒那麼嚴重……到需要道歉……」

「大河啊——」

竜兒單戀的對象瞬間露出困擾的眼神。即使她對竜兒道歉，臉上仍舊是不服氣的表情……

「……大河她叫我要這麼說的啊，她叫我告訴你，我明白這一切只是誤會。可是啊……大河竟然會做出這種事——」

或許是——她正要繼續說時，微妙的平衡被破壞了——

「喔？這慘狀是怎麼回事！不過是身為班長的我遲到而已，班上的秩序就要亂到這個地步嗎！」

北村隨著吵吵鬧鬧的聲音登場。実乃梨閉嘴吞下原本要說的話轉身拋下竜兒，「咚」的一聲拍了下逢坂的頭。別那副表情啦！她這麼說，語調一如往常的滑稽，接著便走向自己的座位去。

接下來，在毫不知情的北村指示下，大家開始一個接一個收拾倒落的桌椅。

「來！快快快！這狀況讓戀窪老師看到，又會因為震驚過度而延後婚期喔！」

在竜兒的注視下，逢坂朝著北村走去。站在離他很近的位置上，以只有北村聽得到的聲音小聲說著些什麼。

北村一瞬間露出不解的表情，旋即恢復往常那種沒什麼的笑臉對逢坂點點頭。

竜兒看到逢坂的唇——我有話想跟你說，放學後見——看起來似乎是這樣。

這次沒有出錯，也沒有因緊張過度而口吃，更沒有跌倒，什麼都沒發生。逢坂終於在沒有狗的協助下，順利叫出北村了。

＊＊＊

好像哪裡怪怪的二年C班又結束了一天。事實上，竜兒的視線完全離不開北村與逢坂。

當老大無成、一身淺粉紅色模特兒風格穿著的單身女性在敬完禮下課走出教室之後，教室裡就一口氣喧鬧了起來。去參加社團活動的人、要開會的人、相約一起回家的人、繼續把未說完的話說完的人——還有交換了眼神，一起起身走出教室外的人。

竜兒不知不覺離開座位，邁著大步追上相隔幾步先走出去的逢坂和北村。

這麼做似乎不太好。可是——猶豫了幾秒鐘——可是、可是、不斷考慮著……可是雙腳還是壓低腳步聲追了出去。

因為，這是逢坂的大事啊！我又不是不知道逢坂有多笨手笨腳。也許她會跌倒、可能會摔下樓梯、搞不好關鍵時刻會緊張到開不了口、或許會哭出來也說不定——因為逢坂是超重

量級的笨拙啊，而這點就只有我一個人知道。

所以、所以我很擔心——我不能不看好她——所以……

所以……？

「……！」

原本跟著兩人背影走下樓梯的腳，突然停了下來。

竜兒重新問自己：

所以，那又如何？雖然擔心笨拙的逢坂，可是又能做些什麼呢？幫她？可是，為什麼？逢坂和我之間什麼關係也……不，是我到底有什麼權利去幫助逢坂呢？之前發生的所有事情全都當作不曾發生，讓我們回到情書事件之前的關係吧！這可是逢坂自己說的。

這樣的話，只有我一個人知道的逢坂，還有其他的一切，都要從心裡抹去才行。不，與其去想些感傷的事情，還是好好考慮現實狀況吧！這個要向男孩子告白的笨拙傢伙若失敗的話，我又能夠幫什麼忙呢？飛奔到她的面前說：「沒事吧？我會保護妳的！」這算什麼啊？連搞笑都稱不上。

竜兒緊鎖著眉、瞇細凶惡的眼睛，發射出危險光波——可是並不是在生氣。等等就往出入口的方向走吧，不是為了攔阻討厭的傢伙通過。不是……雖然大家不能了解，但不是因為這些原因。

呼——用力吐了口氣：

「……回家吧！」

雙腿用力變更方向。背對著離去的兩人，竜兒往放學後的教室走回去。這個身體，在沒有任何人注意到的情況下，在這幾天裡，似乎又長高了幾公分。

能登，以及最近開始交談的春田，過來邀竜兒一起去某個地方，不過竜兒拒絕了。回到自己的座位上。為什麼如此心神不寧？為什麼不想跟朋友去玩或回家？實在不想直接回家，於是竜兒決定一個人到書店逛逛。

作好回家的準備。先去上個廁所吧！一個人在走廊上走著——

和擦乾手出來的傢伙擦肩而過走入廁所，裡面只有竜兒一人。冰冷的寧靜，只有芳香劑異常強烈的香味撲鼻而來。

站在洗手台前洗手，竜兒凝視著鏡子中的臉——和往常相同，毫不風趣的臉。這也不是現在才知道的，事實上還有點看膩了，所以……果然怎麼樣也……

竜兒的思考焦點並不是停留在自己的臉上，他所想的、所思考的——

「……那傢伙臉上的表情真是嚇人啊……」

現在那隻掌中老虎正在加油吧？

今天一整天，不論是上課時或休息時間，竜兒都不斷在窺探逢坂的樣子。每接近放學時間一秒，逢坂的臉色就會出現明顯變化，到剛剛的課後活動時間時，她的臉已經完全沒有表情了——超越紅色與綠色進入慘白的境界。

竜兒心想，都要告白了，應該要表現出可愛的臉啊，真是笨拙的傢伙——

對了，講到笨拙，今天早上那場騷動，她把教室搞得天翻地覆，還對死黨実乃梨擺出皺眉的表情。不，或許正因為對方是実乃梨，所以她才會擺出認真的表情。

也就是說，她是為了我——為了竜兒而做的。

為了不讓実乃梨誤會單戀実乃梨的竜兒。只因為這個原因而讓逢坂大肆暴動。

現在想來，逢坂從來不曾為了她自己——也就是化解北村的誤會，而引發這麼大的騷動——因為今天早上逢坂發飆時北村並不在場。

也就是說，她只是單純的，為了竜兒，所以逢坂……

「……真是……真是……」

嘆息的同時，後頭要說的話也跟著消失。不靈光、愚蠢、笨手笨腳……竜兒最後還是說不出來。

不需要每件事情都用那種方式處理吧？還有許多更圓滑的方法可以選擇吧？不選擇其他方式而讓自己吃虧，那傢伙——真是溫柔到讓人覺得可憐。竜兒由衷這麼覺得。逢坂真的是個溫柔的女孩子啊！不自覺說出這種讓人想笑不適合掌中老虎的形容詞，可是事實就是如此，沒辦法。

溫柔——竜兒小聲地說。哭著說自己不知該如何對人溫柔的她卻是最溫柔的傢伙。沒有和她在一起的人不會知道，但至少對竜兒來說，這絕對是真的。

「唔哇！」

突如其來的聲音，讓竜兒反射性回頭。

走入廁所的其他班傢伙就這樣停在大叫出聲的表情——到底怎麼了？後面的人跟著探頭進來一看，也跟著叫了句：「唔喔！對不起，打擾了！」他們因為竜兒突然投射過來的銳利視線而害怕。在別人的評價上，竜兒跟掌中老虎同樣列屬恐怖等級——還是老樣子。

現在走廊上一定正在騷動——高須占據了廁所，很危險喔。好一陣子都不會再有人進來。正好！他現在也不想見到任何人，這種微妙的氣氛剛剛好。

總而言之，既然好一陣子都不會有人進來，就讓廁所通通風吧！竜兒心想。濕氣也是臭味的來源——他的潔癖症又犯了——竜兒走向廁所深處想要打開窗戶。

轉開鎖，打開窗，然後——僵住。

「北村同學！我、北村同學……北村同學……那……那個……那個……」

「……咦咦！」僵在原地的竜兒沒出聲地在心裡吶喊。他抱著頭，幻聽嗎？當然不是，也就是說——

他能夠順利的、清楚的、完整的聽到逢坂的聲音。

這間男生廁所位在二樓，同樣位置的一樓是訪客用的廁所。而廁所外面就是校園——一個夾在廁所窗戶與小樹叢間的空間。帶著難以置信的心情往下偷窺——希望是自己搞錯了——結果卻連最後一絲期望都被打碎。

逢坂與北村兩人站在那微妙的場所。稍微動點腦筋就知道，選在那地方會讓只要是上廁所的傢伙都會聽到吧！

「拜託……這種事……怎麼會選在廁所後面啊……！」

——笨蛋！

抱頭低聲呻吟，竜兒蹲坐下在窗子底下。雖然那裡的確不會有人經過——不會有人經過的原因，就是因為那裡有時候會很臭。

在敞開的窗子底下，竜兒以屁股不著地的姿態蹲著，頭靠著膝蓋，快喘不過氣來了。逢坂果然是個大笨蛋！最重要的是，如果有人進來這裡，和我一樣打開窗戶的話，情況會變成怎樣？兩個人的樣子不就全被看到了嗎？

真沒辦法……真沒辦法，所以竜兒會在這裡待上一會兒，如果有人進來，就用凶惡的眼神把對方瞪出去——他這麼打算。

不管怎樣，還是先把窗子關上好了，別讓他們的聲音傳到耳朵來吧！就在竜兒正準備站起身時——

「先等一下！」

聽到北村的聲音，讓他停下了動作。

「我大概明白妳要說什麼，但是又怕是我誤會，那就太丟臉了，所以在聽妳說話之前，我想先確認一件事情……我就直接了當的問了，妳和高須正在交往嗎？」

心臟狂跳了一下。不可以站著偷聽……不對，不可以蹲著偷聽。心裡是這麼想，可是一聽到自己的名字，竜兒的耳朵就塞不起來了。不行，趕快關上窗子，要不然就快點離開——

「高、高須同學……」

明明心裡是這麼想的——

但是卻動不了。竜兒似乎被逢坂那緊張到不禁提高的聲音束縛，而動不了。然後——

「高須同學是那個、那個……那個、那個……那個……」

那個——的後面就沒有其他發言。

笨死了！到底在搞什麼？幹嘛慢吞吞的？趕快否認啊！妳是為了什麼站在廁所後面啊？

竜兒不斷在心裡吶喊，默不作聲地蹲在那裡。可是逢坂就是無法繼續說下去。

在一片沉默的氣氛下，最後連「那個」兩字都說不出來了。一般男孩子到這個階段，差不多都會受不了緊張感而說：「如果沒有其他的事，那我先走了。」而北村……不對，北村比一般男性還要忙。對，如果現在走開，北村就無法得知逢坂的心意了。

快點說！不說不行！竜兒雙手僵硬地交握，緊咬著牙，連呼吸都忘了，可是逢坂還是沒出聲，這沉默似乎將會不斷繼續下去。

這從一開始就是不可能的任務吧？連在教室裡想要叫住北村都做不到的人還想要告白？真是太有勇無謀了。已經不行了嗎？竜兒閉上眼睛放棄了。

就在這時候——

「高須同學的事情，是小実誤會了！我、喜歡的是……」

風吹了起來。

「……北村同學……！」

……啊啊。

雙腳失去力氣，竜兒差點跌坐在地上！他連忙撐住。

繼續屏住呼吸，不願露出半點聲音。他用力閉上嘴巴，最後甚至伸出雙手將嘴巴捂住。

心裡不斷重複——妳真厲害！

明明連和對方說話都做不到，明明那麼緊張，可是逢坂還是告白了，將自己的心意傳達給北村。我自己應該做不到。如果現在要我像她一樣去向実乃梨告白，我認為我做不到。雖然不負責任地幫逢坂加油，然而真的要我和逢坂一樣去告白……我辦不到，我沒辦法像她一樣直接。

喜歡兩字直射胸口，毫無關係的竜兒被那帶著覺悟與聖潔的光箭射中。帶著逢坂心意的箭應該也射入了北村的心口，刺入，然後傳送到身體裡。

對，這樣很好。這樣一來，所有的心意都回到該去的地方、都送到該去的地方了。

所以那股失落感只是自己的錯覺。

「喜歡我？……高須的事情只是誤會？是櫛枝的誤解嗎？她誤會了逢坂與高須嗎？」

「……是、的。我說了，可是小実完全不相信……」

北村稍微思考一陣，停了一會兒，最後終於了解了。

「原來如此啊，那真是對不起，我完全搞錯了。因為櫛枝的想法也很強烈……我明白了。啊啊，我明白了。」

「嗯……」

北村的聲音依然沉穩。

逢坂的聲音仍舊含糊不清。

還有——為防止聲音外流而用手捂住自己嘴巴的竜兒嘆息。

這一切的一切全都靜靜交錯，緩緩充滿了男生廁所，在避免發出聲音而蹲在地上的竜兒四周優雅震盪。

不斷嘈雜共振的胸口與呼吸，竜兒想要甩開、站起身，然後關上窗子回家，結果——

「可、可可、可是！可是！」

就在這時候。

窗外逢坂的聲音又突然高高跳起。

「可是，我絕不是討厭高須同學！完全不討厭！和他在一起時，我不會覺得呼吸難受！明明每次都會很難受的……我是這麼覺得……可是和高須同學……竜兒還會做好吃的炒飯給我吃！希望有人在我身邊時，只有竜兒會在我身邊！就算說謊也要激勵我！好想和他在一起、一直、這麼想！現在也是、這麼想！像要被撕裂般的痛，我、竜兒……不論什麼時候、不論什麼時候……就連現在也是！因為有竜兒在我身邊！因為有他在我身邊，所以我才能夠像這樣……！」

呆住了，竜兒全身僵硬。

妳在幹嘛？妳到底在幹嘛！

這一刻，逢坂正用快哭出來的聲音大聲宣示著：

「我絕對不討厭他。我對竜兒……竜兒……」

這麼一來、這麼一來簡直就像是——簡直就是——

「這樣啊——」

北村的聲音充滿了笑意。

「沒關係的，逢坂的心意，我想我已經了解了。總之……妳和高須的感情真的很好，聽到妳這麼說，我就放心了。」

「放、放心……？」

「嗯，還記得嗎？正好在一年前的這個時候，我曾向妳告白過。妳很漂亮，絲毫不隱藏怒氣的直接性格，讓我深深為妳著迷……當時我是這麼跟妳說的吧？」

第一次聽到——接二連三的震驚讓竜兒眼珠快要掉出來了。逢坂不發一語。嚇得腳都不聽使喚的只有竜兒一個——不知情的只有竜兒一個。

「不過下一秒就被甩了。」

「……我記得，怎麼可能……忘記！那麼奇怪的告白，就只有北村同學。從那之後，你每次到我們班來找小実談社團的事情時，我總會心想，啊……就是你……我全記得！」

「原來妳記得啊！妳完全無視我的存在，我還以為妳忘了呢！當時我向妳告白，是因為我覺得妳很漂亮，但是逢坂妳和高須在一起之後，變得比那時候更有魅力了呢——因為妳常常會出現很有趣的表情喔！」

「有、有趣的、表情？我？」

「是呀，妳和高須在一起時總會出現很有趣的表情，所以我就放心了。高須是個很好的傢伙喔！而能夠那麼了解他的逢坂，我覺得真的是個很棒的女孩。」

北村似乎正開朗的笑著。接著——

「我、我……剛剛說了什麼？」

注意到自己的失敗，逢坂叫了起來。

「等、等一下……我在說什麼……北村同學你在說什麼？都說我和竜兒沒有關係了，那個……咦！我的臉很有趣？不對……咦咦！糟糕，等一下！等等！我剛剛說了喜歡嗎？我真的說出了喜歡嗎？咦，可是……騙人！咦？」

糟了、糟了怎麼會這樣……不斷反覆，完全失了神，掌中老虎吼叫著。這種場合如果不是北村的話，八成收拾不了吧。

「逢坂，沒事的，沒事。」

「沒沒沒沒沒事、什麼沒事！我連我自己說了什麼都不知道，這樣子哪裡沒事了！」

「很感謝妳的心意，我很高興。今後我們一定能成為好朋友。」

「朋……朋……」

驚慌失措的逢坂已經說不出話來了。

「是的，好朋友。」

好朋友。

這應該不是逢坂所追求的關係。所以逢坂應該要說，不是的！一定得說——竜兒心想。

明明該如此的，可是——

「……朋友……我和……北村同學……是……」

理應如此的，可是——

逢坂沒說出口——我喜歡你，我不想當你的好朋友，而是想當你的女朋友——逢坂沒說。她說到後來已經含糊聽不見了……

曾經被你告白而拒絕了你，但是在看著你的日子裡，漸漸喜歡上你。現在的我喜歡你，希望和你成為男女朋友。

——最重要的一句話她沒有好好的重新再說一遍。

原本應該是超級自我的掌中老虎，現在卻被自己的爪子困住。「嗯。」只發出這一聲，就退卻了、結束了。

「那麼，明天見啦！」

北村仍舊一貫輕快開朗地說著。好的說法是，他的態度沒什麼改變；壞的說法就是，他搞不清楚狀況。

逢坂也自驚慌失措中重新振作起來，恢復平日的平板說話方式。

「明天見，再見。」

竜兒頹喪地垂下頭。搔搔頭，閉上眼睛。從離開的聲音，他知道兩人分別由兩個方向走去，這時候只能呻吟而已。

「……笨拙的傢伙……」

——根本沒讓北村了解嘛！

北村認為直接的妳，心裡隱藏了多少情感？眼淚、笑容、膽怯、寂寞、對北村的愛……隱藏了多少容易受傷的情感呢？

那些情感多麼痛苦、多麼溫柔，妳根本就沒讓他懂啊！妳根本就沒讓他了解妳啊！

抬起出冰冷麻痹的腿，竜兒緩步走了出去。

再見。說完這句話離去的逢坂臉上一定相當平靜，一定隱藏沒人了解的心情獨自離開。

一定以沒人聽得到的聲音哭著、背對北村離去，一定以搖搖晃晃的蹣跚腳步，在沒人看見的地方一個人落淚……一定！

這樣的話——既然只有我知道的話……

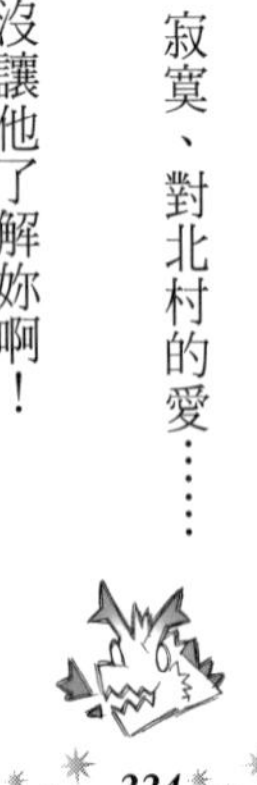

問：高須竜兒應該怎麼做呢？

答：「答案很簡單。」

說得那麼有把握，其實他自己也不是很清楚。知道答案的不是大腦，而是心、皮膚、骨頭及肌肉吧，這個和逢坂在一起共渡許多時間的身體才對。

就任由它行動吧——走的方向如果沒錯的話，這個身體會將我送到她的身邊。

一定！

＊＊＊

回家路上一如平日的夕陽底下——

「……你幹嘛？」

奔跑的竜兒總算追上了逢坂，捉住她的肩膀——在幾乎沒有路人的寂靜住宅區小路上。

回過頭的逢坂一臉詫異的表情，瞪著大口喘氣的竜兒，接著說：

「別這樣……你已經不是我的狗了，不用一直跟著我！」

冷淡地說完，她揮開他的手繼續向前走。竜兒對著她的背後說：

「明明就一副很想哭的樣子。妳現在正因為告白失敗而心情低落吧？雖然他的回答跟拒絕有點不同。」

「……！」

飛快後退一段距離之後，逢坂叫了起來。

「你、你……看到了？」

「……話先說在前頭，我可不是故意偷看的。只怪妳實在太笨了，再怎麼樣也不應該選在男生廁所正下方告白吧？我是上廁所時偶然聽見的。」

在夕陽照耀下仍然能夠清楚看到逢坂的臉頰變得紅通通，嘴裡說著：「真、真的嗎！」

——看來她是真的不知道的樣子。

「接下來該怎麼辦？要去買晚餐的材料嗎？還是要到昨天的家庭餐廳紀念告白失敗？我可以聽妳發牢騷，而且今天晚上我請客，只限今天喔！」

「……什……什麼啊，你在說什麼！」

面對竜兒，逢坂呆立不動，像是看到了什麼難以置信的東西般睜大了眼睛。

「這麼說來，今天是豬肉特賣的日子耶！」

「什麼豬肉啦！」

「妳想吃牛肉嗎？」

「也不是牛肉！不是不是都不是……你幹嘛啦？喂，為什麼？你已經不是……」
「還是要自己煮呢？」
「我說——！我說……已經夠了！別再這樣子！這些事情已經……」
「我會在妳身邊。」
明白的宣告讓逢坂說不出話來，她痛苦地皺著眉。直直看著逢坂的眼睛，竜兒再說得清楚一點：
「我會在妳身邊，會做飯給妳吃，妳可以像之前一樣來我家吃飯。我也會做便當給妳，早上也會去接妳，所以——」
「所以什麼啊……所以個頭啦！」
逢坂大喊著，聲音響徹整條寧靜小路：
「你到底在說什麼？那樣子又會被誤會啊！小実她還不相信我們，你這樣會讓小実誤會的，這樣好嗎？」
「好啊。」
簡單得出乎意料，話就這麼說出口了。
「如果變成那樣，這次就換我大鬧一番吧！我會趁著北村在的時候，為了妳向他解開誤會，而把教室弄得天翻地覆。」

「為……為、什麼……」

啪噠，淚珠自雪白的臉上滾落。看吧！竜兒心想，逢坂果然會這樣，在任何人──除了我之外──都看不到的地方一個人哭泣。

「為什麼、為什麼……？為什麼要做這種事！我不是已經說了你不再是我的狗了？你已經沒必要再那麼做了啊！」

「……我也不曉得，可是我就是想這麼做……因為妳會哭，我不能放著妳不管。因為我會擔心，擔心妳是不是肚子餓了──以溫柔的竜兒身分。」

「什……什麼啊！」

掉著眼淚，逢坂的眼中仍舊放出強烈光芒瞪著竜兒：

「誰拜託你做了！我又不是小孩子，別管我！用不著你擔心！」

接著竜兒──

「──啊啊，原來是這樣啊！」

他總算了解了。

為什麼自己想待在逢坂身邊？

為什麼會為她擔心的不得了？為什麼放不下她？這一切一定是因為──

「因為我不是狗……所以我會待在妳身邊。」

「……什麼！」

「其實狗並不會待在妳身邊喔！」

就是這樣。

我不是狗，狗的話辦不到。

狗的話，叫一叫牠就會過來，但是老虎不會叫任何人。因為老虎不叫喚人，因為牠不要任何人的幫助，所以才是老虎——老虎就是這樣的野獸。

所以現在，在這裡的我，不是狗。

這話連我自己都想笑，妳要笑就笑吧！即使如此，竜兒仍然繼續說下去。這一刻他無論如何都想說，他想讓逢坂知道——

「我是龍，妳是虎——能夠和虎並列的，從古至今就只有龍了。所以我要變成龍，這樣才能待在妳身邊。」

為了和掌中老虎並立，高須竜兒要變成龍。他下了這個決定。就算會被笑也好、被當成笨蛋也好——可是。

「……逢、坂……？」

沒人說他是笨蛋，也沒人笑他。

只有眼前這個發不出聲音的女孩子。她張開雙腿站立著，臉頰早已被淚水濡濕，抬著頭

直直看著竜兒。

看起來像在生氣，也像是難過；有點像是畏懼，但似乎也有幾分困惑。當然還有驚訝的成分。

小小身體裡充塞滿滿的感情，已經到了即將爆發的時刻。她用力握住拳頭——

「……大、河……」

一叫她的名字，她立刻像被打到一般——逢坂大河的眼皮抽動了一下。

「這就是對等吧？……既然妳叫我竜兒，那麼我就叫妳大河。」

可以吧？就在他這麼說完的瞬間——

「——你這是什麼意思！」

腳下延伸出的影子，感覺上似乎突然膨大了起來。應該是看錯了吧，可是——

「說什麼自大傲慢的話！為什麼我要讓你叫我的名字？……什麼叫做對等啊！不要臉！給我搞清楚你的立場！笨蛋竜兒！」

「……咦……」

炸彈爆炸了。嗯，果然沒錯……

「你根本不知道自己在說什麼吧！如果你真懂，哪可能說出那麼自大的話！再說，什麼啊！啊啊，原來如此，你該不會是——」

連珠炮般破口大罵一陣之後，逢坂突然閉嘴。就是這樣，就是這個時候最恐怖了。一隻眼睛凶惡地瞄著對方，身體以滑行的方式從正下方接近，全身散發出讓人動彈不得的魄力威嚇對手。

這就是掌中老虎的真本領。

「……你該不會是，喜歡上我了吧？」

「……笨──」

「哼，應該不可能吧！你哪有可能學人家做出那種不知死活的事？」

「……嗯……啊……」

逢坂微笑的嘴邊──竜兒嚇得不敢看她的眼睛──不過還是一邊回瞪著竜兒，一邊拚命說著。

「那、當然啦！」

啊啊，對啊，應該沒錯。如果戀愛指的是對実乃梨的感覺，那麼我對逢坂的感覺是不一樣的感情。

但是，可以確定的只有一點，竜兒想要好好珍惜名為大河的掌中老虎。不是戀愛的感覺，但是想待在她身邊──必須待在她身邊，他想成為那樣的男人。只是這樣子而已。只要這樣就夠了吧？不行嗎！

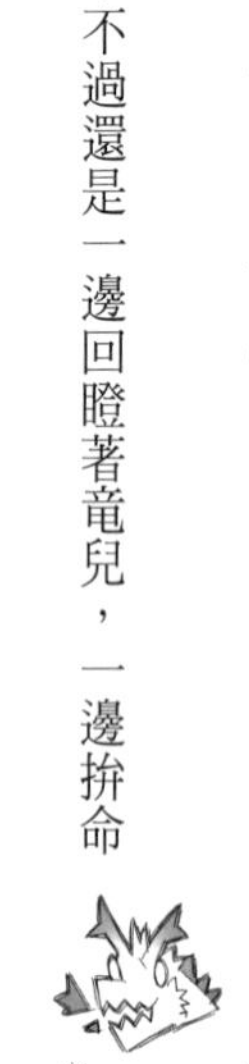

「……可惡！快走！該去超市了！去買豬肉！」

竜兒毫不猶豫地大步邁出，鼓起幹勁。

日常生活還是得繼續才行！時間還很充裕，所以今天就講到這裡吧！事情都已經這樣了，別思考太難的事情，先解決今天的晚餐吧！

「如果今天有賣好的豬肉，就吃涮涮鍋吧！啊啊，簡單的烤肉也不錯……妳幹嘛不跟上來啊！」

注意到大河沒跟過來，原本大步向前走的竜兒一個U字型迴轉走回她身邊。快來啊！他催促著，當然沒有伸手拉她，只是用書包一角碰碰她的手肘。

「竜兒……我要吃優格聖代。」

「咦？搞、搞什麼啊，結果妳還是想去家庭餐廳啊？難得我想做菜的說……」

「吃完再吃豬肉——薑汁豬肉……不對，還是紅燒肉好了，要煮到很軟喔！」

「啥？紅燒肉是沒問題，可是妳吃得下嗎？現在已經五點了喲？我家晚餐從有史以來就是六點半開飯……不准無視我！幹嘛走在我前面！」

「……竜兒！」

擅自走在前頭的大河突然停下腳步回過頭。透明的視線射向竜兒。唔！竜兒不禁語塞。

「……幹嘛？大……大河！」

他慌慌張張地回答，視線逃向夕陽西下的天空。可是——

「——你可以稍微閉嘴嗎？」

凶狠的台詞刺進竜兒的耳裡，他不禁懷疑是不是自己聽錯了。「啊啊——！」在竜兒面前的大河故意嘆氣：

「你應該知道我很傷心吧？竟然一點也不擔心？下一次的作戰計畫接下來也要你幫忙囉，我可還沒放棄北村同學喔！然後你啊，剛剛說了什麼？龍嗎？啊？是龍還是狗都無所謂，總之是你自己說要待在我身邊的，那你可要好好為了我的幸福努力喔！」

剛才的眼淚去哪裡了？掌中老虎果然還是掌中老虎，壞心眼的言語加上嘲弄的眼神，簡簡單單就給竜兒的心靈狠狠一擊。

她的尖牙利爪到底有多厲害？有狂亂殘暴？這隻可以擺在手上大小的食人虎，不論到哪裡都一樣任性妄為吧！

然後，表明要待在這傢伙身邊的我，未來又是如何呢？

「話……說得太早了……嗎……？」

竜兒不禁呻吟，呆立在當場。失算了吧！他陷入沉思，生硬地閉上雙眼——所以說，我真是不會看人啊！

稍微有點距離，逢坂大河低下頭來微笑著：

「……因為我是『大河』啊……」

竜兒看著一邊凝視自己，一邊忍不住像鴿子般咯咯咯笑了起來的大河，心想——

今天仍然只屬於我。

完

# 後記

我是無時無刻都在增加體積的竹宮ゆゆこ。每次低頭看著自己充滿壓迫感的身體，就會覺得：「這已經不叫『肚子』，該叫『游泳圈』了！」這項認知每天都會不斷更新。可是游泳圈裡的搞不好是希望？是夢想？是笑容喔？怎樣、怎樣？這樣子的話……肚子應該是愈大愈好吧？你如果不說ＹＥＳ，就休怪我無禮了！（閃亮亮的眼睛斜瞪著旁邊還沒開的「○兵衛（註：泡麵）」……）

好了，各位都看完《TIGER×DRAGON!》的第一集了嗎？真的很感謝購買這本書的各位讀者，如果各位能夠喜歡，那就太好了！

Q：感覺似乎沒有戰鬥部分、主角自我世界的部分，或是燃燒自我的部分耶？

A：這是我的設計。

……《TIGER×DRAGON!》的世界就是日常生活。很平常、很普通的戀愛，再加上喜劇的感覺。今後我也打算繼續寫出這種感覺的作品，喜歡的話，請務必務必務必繼續支持《TIGER×DRAGON!》。請多指教囉！

另外還有一件事，很感謝來信告知關於我的另一部系列作品《我們倆的田村同學》感想的讀者們，謝謝！每一封感想我都非常珍惜地讀過了。我認真的和每封信交流，幾乎到想抱著它們睡覺的程度。為了回報這些支持的聲音，所以《田村同學》系列我也會努力讓它有新的發展。

話說回來，這本書我本來預估大概三月左右可以送到各位手上……（說是預估，應該是預定……）不過因為寫後記的今天是一月三日，所以在此也跟大家說聲新年快樂！在松枝（註：日本新年門口要裝飾松枝，此指新年期間）氣氛的壓力之下，我做了如此宣示：今年的目標只有一個，就是拚命工作。

訂出這項目標的理由，是因為我的責任編輯一句無心的話：

「……竹宮老師，您平常都在做什麼呢？」

說的人自己八成不記得了，但是聽到這問題的我真是嚇了一跳。問我平常做些什麼，我是專職作家呀……又沒在打工……

就在我仔細思考為何對方會問這種問題之後，終於了解編輯他剛剛所說的整段話應該有的完整內容：

「（身為新人，又是專職作家，一年卻只出兩本輕小說，雖然也有在作品中新增章節，但實在是看不出來有在工作的樣子……）竹宮老師，（身為社會人應該有在工作才對吧！）您平常（除了工作之外）都在做些什麼呢？（而且最近好像變胖了吧？）」

「啪」地回過神來——

我平常都在做些什麼呢？確實是在工作啊！可是有更多的時間是花在吃點心、煮義大利麵、加熱牛奶、混合義大利麵與鱈魚子、蒸芋頭、在鱈魚子義大利麵上撒海苔、煮豬五花、再放些納豆在鱈魚子義大利麵上……盡是在做這些事……更精確點說……我是不是吃太多鱈魚子義大利麵了……？

沒錯，我應該要停止捲鱈魚子義大利麵的手，得要更像個社會人，好好工作才行！現在不是一天吃兩次鱈魚子義大利麵（而且是兩百公克）的時候了！所以就當是為了這個游泳圈……！如果能夠捨棄這堆肉的話就好了……！

正因如此，我今年要努力在工作上邁進，也打算控制鱈魚子義大利麵的量。為了讓各位讀者能夠享受我的作品，不論如何都要盡量專心一致，以按壞鍵盤的心情努力下去。

然後，我的新年願望是：「希望拚命工作好讓身體自然變瘦！」也希望去編輯部拜訪坐在沙發上時，因為坐下的游泳圈被牛仔褲褲腰夾住而感到莫名疼痛，只好要求換位置的悲劇不要再發生第二次……

那麼，很感謝看到這裡的讀者。延續前作，這次仍然由ヤス老師負責本作的插圖。ヤス

老師，還有責任編輯，今後也請多多指教。我們《TIGER×DRAGON!》第二集再會！好了，我得快點去把按壞的鍵盤碎片撿回來了。

竹宮ゆゆこ

初次見面，還有認識我的朋友們好久不見，我是ヤス。
繼前作《我們倆的田村同學》之後，這次繼續擔任《TIGER×DRAGON!》的插畫工作。

我原本一直以為《田村同學》會是我這輩子第一次也是最後一次的大工作，所以聽到要我負責這次作品的插畫時，實在感到相當惶恐，還想說會不會是整人節目呢！在此由衷感謝各位讓我畫這部作品的插畫。

不過最近真的變得很冷呢！
連我住的地方偶爾都會下起雪來。
我雖然不喜歡冰冷的雪，卻很想玩打雪仗。
大概只是單純的想接觸這些東西玩一玩罷了。

待在自己家裡實在冷得受不了而打開暖氣，
結果電費就高到一個非常好笑的地步……

總而言之，
在此有些話想對照顧我的人說：

■竹宮老師
這回我也以讀者身分好好拜讀了您的大作。
因為我不常吃義大利麵，下次讓我吃吃看吧──鱈魚子義大利麵。

■責任編輯
技術未成熟、速度又慢的我給您添麻煩了，真的很抱歉。
下次我會努力保留一些餘裕好好加油……不過，這大概只是我的幻想吧！（喂）

■幫我大忙的石先生，還有大山老師
總是給各位添麻煩，下次也請多多指教喔！（喂）

■買下這本書的各位，還有在網頁上支持我的各位朋友
真的非常感謝。回覆的速度有些慢，真是非常抱歉。

就這樣，還要再麻煩各位一陣子了。
《TIGER×DRAGON!》也請各位再多多指教嘍＞w＜／

ヤス

Kadokawa Fantastic Novels

## 艾莉森Ⅰ
作者／時雨沢惠一　插畫／黑星紅白
ISBN986-766-477-9

淘氣女飛官艾莉森與乖乖牌優等生維爾，為了尋找吹牛老爺爺所說之「可以結束洛克榭和斯貝伊爾兩國之間戰爭的寶物」，踏上了一段不可思議的飛翔冒險之旅。

## 艾莉森Ⅱ
作者／時雨沢惠一　插畫／黑星紅白
ISBN986-718-968-X

艾莉森與維爾為了冬季研修而一起旅行，他們來到某個村莊，那兒的村民們起初表現得十分親切，哪知喝了他們的奉茶後竟然昏倒而被綁架。其實這個村子是……？

## 艾莉森Ⅲ〈上〉車窗外的路妥尼河
作者／時雨沢惠一　插畫／黑星紅白
ISBN986-742-708-4

維爾和艾莉森接受班奈迪所贈送之橫越大陸、連接兩國的鐵路首航之旅，心中雖不解，但仍十分享受這趟豪華旅程。沒想到車上的服務員竟接連遭到殺害……！

## 艾莉森Ⅲ〈下〉名爲陰謀的列車（完）
作者／時雨沢惠一　插畫／黑星紅白
ISBN986-174-024-4

在不知犯人是誰的情況下，維爾和艾莉森只好跟著班奈迪與史托克少校一起回去，而後又發生了更多事件……！喧騰一時的〈上〉集所留下的伏筆，究竟是什麼？

## 莉莉亞&特雷茲Ⅰ 於是兩人踏上旅途〈上〉
作者／時雨沢惠一　插畫／黑星紅白
ISBN986-174-097-1

15歲的莉莉亞，在暑假的某日與同年玩伴特雷茲結伴旅行，卻在旅途中遭遇不少波折……《奇諾の旅》時雨沢惠一＆黑星紅白聯手獻上的新系列冒險故事！

## 莉莉亞&特雷茲Ⅱ 於是兩人踏上旅途〈下〉
作者／時雨沢惠一　插畫／黑星紅白
ISBN986-174-118-6

特雷茲與莉莉亞一起踏上旅途。兩人一時興起在當地參加水上觀光飛行，怎知卻莫名其妙地被數架飛機追殺，並不知不覺捲入了一場陰謀——！

## 莉莉亞&特雷茲Ⅲ 伊庫司托法最長的一日〈上〉
作者／時雨沢惠一　插畫／黑星紅白
ISBN986-174-200-X

莉莉亞與艾莉森受特雷茲之邀前往伊庫司托法過年。為了讓小倆口單獨相處，艾莉森刻意獨自上街。特雷茲原想藉機說出自己的真實身分，沒想到跨年夜瞬間變色！

Kadokawa Fantastic Novels

## 涼宮春日的憂鬱
作者／谷川 流 插畫／いとうのいぢ
ISBN986-7427-88-2

第八屆「Sneaker」大賞受賞作。校內第一怪人涼宮春日，組了個「為了讓世界變得更熱鬧的SOS團」，而外星人、未來人與超能力者皆應涼宮的願望出現了?

## 涼宮春日的嘆息
作者／谷川 流 插畫／いとうのいぢ
ISBN986-7299-20-5

率領SOS團的涼宮春日，這次把歪腦筋動到校慶去了!只要她隨口一句，那些外星人、未來人、超能力者就會吃盡苦頭——暴走度NO.1的校園故事再次展開!

## 涼宮春日的煩悶
作者／谷川 流 插畫／いとうのいぢ
ISBN986-7299-53-1

一無聊就會發動異常能量的涼宮春日，這次又突發奇想，號召SOS團參加棒球大賽、舉辦七夕許願活動、前往孤島合宿……瘋狂SF校園喜劇第三彈!

## 涼宮春日的消失
作者／谷川 流 插畫／いとうのいぢ
ISBN986-7189-18-3

聖誕節即將來臨的某一天早上，突然變得不太尋常。教室一如往昔，座位也沒有改變，可是涼宮卻不在我後面的座位上…光怪陸離、超脫現實的校園系列第四集!

## 涼宮春日的暴走
作者／谷川 流 插畫／いとうのいぢ
ISBN986-7189-80-9

當學生的總希望快樂的暑假永遠不要結束。可是當這樣的願望成真時，竟變成一個永無止境的大災難!?「五」入歧途的阿虛苦難系列安可上演!

## 涼宮春日的動搖
作者／谷川 流 插畫／いとうのいぢ
ISBN986-174-048-1

一向唯我獨尊的涼宮春日，在校慶當天竟然日行一善當起救火隊來……更意外的是，居然有人向長門告白……日本熱賣三百萬部之涼宮系列，第六彈動感上市!

## 涼宮春日的陰謀
作者／谷川 流 插畫／いとうのいぢ
ISBN986-174-160-7

從8天後過來的朝比奈學姊突然出現在我面前。而且，指派一無所知的她過來這個時間點的人，竟然是我。未來的我到底有什麼陰謀?!劇力萬均的第七彈登場!

Kadokawa Fantastic Novels

**灼眼的夏娜1**

作者／高橋彌七郎　插畫／いとうのいぢ

ISBN986-729-988-4

電擊遊戲小說大賞受賞作家高橋彌七郎的校園奇幻故事。當平凡的高中男生遇上炎髮灼眼的少女時，他的日常生活被脫軌失序的異世界取代……

**灼眼的夏娜2**

作者／高橋彌七郎　插畫／いとうのいぢ

ISBN986-718-967-1

存在喪失者悠二，藉由體內的寶具「零時迷子」，得以過著正常人的生活。夏娜想以自己的方式為悠二打氣，可惜一再弄巧成拙。此時，另一名火霧戰士現身了……

**灼眼的夏娜3**

作者／高橋彌七郎　插畫／いとうのいぢ

ISBN986-174-002-3

貌似柔弱的吉田一美正式對夏娜宣戰！而擾亂她們心緒的悠二，察覺到一片陰影籠罩著天空，這正是「紅世使徒」所釋放出來，名為「搖籃花園」的詭異封絕。

**灼眼的夏娜4**

作者／高橋彌七郎　插畫／いとうのいぢ

ISBN986-174-028-7

由特殊封絕『搖籃花園』現身的蘇拉特與蒂麗亞，是覬覦夏娜持有的「贄殿遮那」而來的「紅世使徒」。夏娜為了殲滅眼前的敵人，躍向閃耀著詭異金黃色的天空!!

**灼眼的夏娜5**

作者／高橋彌七郎　插畫／いとうのいぢ

ISBN986-174-064-3

「決定了！我一定要成為火霧戰士！」奇才・高橋彌七郎在本集獻上「灼眼的夏娜」誕生時的精采秘辛，文末還收錄插畫家いとうのいぢ老師的鉛筆草圖集。

**灼眼的夏娜6**

作者／高橋彌七郎　插畫／いとうのいぢ

ISBN986-174-117-8

本集故事又拉回夏娜與吉田一美爭奪悠二的主軸。兩女之間的戰爭趨於白熱化！當人稱「調音師」的火霧戰士出現在三人面前之際，一切開始運轉。

**灼眼的夏娜7**

作者／高橋彌七郎　插畫／いとうのいぢ

ISBN986-174-154-2

得知悠二已死的事實，吉田一美絕望地逃離，悠二卻追上前去……另一方面，又一名「紅世魔王」侵襲御崎市，三名火霧戰士對其嚴密防禦竟然束手無策……

**Kadokawa Fantastic Novels**

## 灼眼的夏娜8

作者／高橋彌七郎　插畫／いとうのいぢ

ISBN986-174-229-8

教授與多米諾進行的「實驗」，因為夏那一行人的阻撓而宣告失敗。沒想到回復日常生活的他們，再次面臨全新的敵人，正是稱之為「期末考」這個大考驗……

## 伊里野的天空、UFO的夏天1

作者／秋山瑞人　插畫／駒都え—じ

ISBN986-729-999-X

園原中學二年級的淺羽直之，在學校的游泳池畔，邂逅了一個手腕上埋有金屬球體，名叫「伊里野加奈」的少女。而他們兩人之間的奇妙因緣也從此開始……

## 伊里野的天空、UFO的夏天2

作者／秋山瑞人　插畫／駒都え—じ

ISBN986-718-985-X

淺羽直之與伊里野加奈初次約會，但跟蹤他們的有一個、兩個、三個人…結果當然不是平安結束，還發生了「很不平安」的事件…本集收錄3個單元＋特別番外篇。

## 伊里野的天空、UFO的夏天3

作者／秋山瑞人　插畫／駒都え—じ

ISBN 986-174-065-1

將淺羽捲入的三角關係仍在進行中，伊里野與晶穗的正面對決終於來臨！最後決戰地點就是「鐵人屋」…！收錄大受好評的四篇作品集結而成的小說故事第三彈！

## 伊里野的天空、UFO的夏天4（完）

作者／秋山瑞人　插畫／駒都え—じ

ISBN 986-174-157-7

淺羽和伊里野逃了出來。等候在他們前方的是小小的幸福，以及足以將這份幸福壓垮的各種困難。疲憊的淺羽帶著逐漸崩潰的伊里野，最後抵達的地點是……

## 我們倆的田村同學1

作者／竹宮ゆゆこ　插畫／ヤス

ISBN986-174-179-6

在「國中最後的夏天」裡，一定要談一場轟轟烈烈的戀愛！電波美少女松澤小巻，和冰山美人相馬廣香——平凡的田村同學，要如何在這場愛情喜劇做出抉擇呢？

## TIGER×DRAGON! 1

作者／竹宮ゆゆこ　插畫／ヤス

ISBN 986-174-204-2

眼神凶惡的高須竜兒，遇上凶暴殘忍的「掌中老虎」逢坂大河，還知道了她不欲為人知的秘密。就在某天放學的事件結束之後，高須竟然成了對逢坂唯命是從的狗!?

國家圖書館出版品預行編目資料

TIGER×DRAGON! 1 / 竹宮ゆゆこ作 ; 黃薇嬪譯.
. --初版. - 臺北市 :臺灣國際角川,2006-[ 民95-]
冊； 公分.- (Kadokawa fantastic novels)
譯自：とらドラ!

ISBN 978-986-174-204-5(第1冊 : 平裝)

861.57 95020260

Kadokawa
Fantastic
Novels

# TIGER×DRAGON！ 1

（原著名：とらドラ！）

2006年12月26日　初版第1刷發行
2022年1月25日　初版第11刷發行

作者：竹宮ゆゆこ
插畫：ヤス
日版設計：荻窪裕司
譯者：黃薇嬪

發行人：岩崎剛人
總編輯：蔡佩芬
主編：朱哲成
設計指導：陳晞叡
印務：李明修（主任）、張加恩（主任）、張凱棋

發行所：台灣角川股份有限公司
地址：104台北市中山區松江路223號3樓
電話：（02）2515-3000
傳真：（02）2515-0033
網址：www.kadokawa.com.tw
劃撥帳戶：台灣角川股份有限公司
劃撥帳號：19487412
法律顧問：有澤法律事務所
製版：尚騰印刷事業有限公司
ISBN：978-986-174-204-5

※版權所有，未經許可，不許轉載。
※本書如有破損、裝訂錯誤，請持購買憑證回原購買處或連同憑證寄回出版社更換。

©YUYUKO TAKEMIYA 2006
First published in 2006 by KADOKAWA CORPORATION, Japan.
Chinese translation rights arranged with KADOKAWA CORPORATION, Japan.